KB070639

지금 내 나이, 오후 2시 10분

지금 내 나이, 오후 2시 10분

초 판 1쇄 2022년 11월 21일

지은이 염해영
펴낸이 류종렬

펴낸곳 미다스북스
총괄실장 명상완
책임편집 이다경
책임진행 김가영, 신은서, 임종익, 박유진

등록 2001년 3월 21일 제2001-000040호
주소 서울시 마포구 양화로 133 서교타워 711호
전화 02) 322-7802~3
팩스 02) 6007-1845
블로그 http://blog.naver.com/midasbooks
전자주소 midasbooks@hanmail.net
페이스북 https://www.facebook.com/midasbooks425
인스타그램 https://www.instagram/midasbooks

© 염해영, 미다스북스 2022, *Printed in Korea*.

ISBN 979-11-6910-099-1 03810

값 15,000원

꽃처럼 아름다운 나의 멋진 인생을 위해

지금 내 나이, 오후 2시 10분

염해영 지음

미다스북스

꽃말의 의미처럼 살아왔던
나의 인생

사람들은 누구나 자기만의 인생을 살아간다. 나 또한 나만의 인생을 살았다. 중년이 까마득하게 느껴지는 나이가 되었다. 지나간 시간의 아쉬움보다 간직하고 싶은 추억이 훨씬 더 많다. '잘 살았나?'라는 생각이 가끔 들기도 한다.

"아들 효심에 감동한 산신령이 어머니가 집으로 돌아올 길을 환히 밝히기 위해 온 산의 나뭇잎을 붉은빛으로 물들였다."라는 단풍나무의 전설처럼 내 소중한 추억은 버티며 살아가는 힘이 되었다. 가족들과 함께한 보석 같은 추억은 자신을 소중한 사람으로 만드는 원동력이 되었다.

결혼하면 긴 드레스 입고 손에 커피 한잔 들고 음악 감상하며 폼나게 사는 줄 알았다. 그러나 그건 아니었다. "당신은 아름답습니다."라는 카틀레야 꽃말처럼 우아하고 아름답게 살려고 발버둥쳤다. 하양, 노랑, 연보라 등 다양한 색을 지닌 카틀레야처럼 나만의 색을 내기 위해 애썼다. 가르쳤던 학원 아이들과 특수반 학생들, 그들은 내 마음과 정신을 건강하게 만드는 힘이 되었다. 그들은 '내 스승과 같았다.' 아이들을 가르치며 내가 무엇을 해야 할지 더 명확해졌다. 그래서 더 열정적으로 살았다.

현실에 안주하지 않았다. 하고 싶은 것을 찾아 여기저기 기웃거리며 배움에 시동을 걸었다. 호기심과 열등감 극복으로 시작한 배움, 『배움은 배신하지 않는다』(최갑도 저)라는 말은 정답이었다. 배움의 퍼즐을 조각조각 맞춰 지금의 나를 만들었다. 인생이라는 게 아름다운 꽃길보다 울퉁불퉁 험한 길이 훨씬 많았다. 그러나 그 길을 포기하지 않고 걸었다.

그 힘은 무엇일까? 아름답고 고결한 기억이 있기 때문이다. 코스모스를 쳐다보며 흔들리는 자신을 눈치 챘다. 아주 먼, 옛날 기억을 더듬어보았다. 우물 속 차가운 물처럼 올라온 '첫사랑 음악 선생님'의 추억은 두레박에 담긴 시원한 물처럼 시원했다. 가족여행에서 아이들과 언덕을 구르고, 물속에서 공놀이하던 기억들. 잊을까 두려워 두 아들에게 유언처럼 말한다. "혹시, 엄마가 치매로 아름다운 기억을 잊을까 두렵다"고.

퇴직 후 홀홀 털어버리고 '필요로 하는 곳에 힘이 되고 싶다'는 소망을 가졌다. 그때가 가까이 왔다. "한결같은 마음", 아스파라거스의 꽃말처럼 그때나 지금이나 내 마음은 변함이 없다.

외로워도 슬퍼도 나는 안 울어
참고 참고 또 참지, 울긴 왜 울어
웃으면서 달려보자 푸른 들을
푸른 하늘 바라보며 노래하자

— 〈들장미 소녀 캔디〉, TV만화 주제가

이젠 울지 않고, 슬퍼하지도 않는다.

'난 할 수 있어, 나는 나이니까.'

목차

2장
카틀레아 - 우아하고 성숙한 인생

당신은 소중한 사람
당신은 존귀한 사람

이 세상에 하나뿐인 당신은
너무나도 소중한 사람

그런 당신을 사랑해요.
그런 당신을 축복해요.

'당신은 소중한 사람' 중에서,
강상구

1장

단풍나무

-

변하지 않는
소중한 추억

아주 먼, 그날의
추억

추억이란

잊어버리려 해도 잊을 수 없어

평생토록 꺼내 보고 꺼내 보는

마음속의 일기장이다.

- 「추억이란」 중에서, 용혜원 -

고향 집

고향에서 살던 시간보다 이곳에서 지낸 세월이 훨씬 길다. 아무리 오래 살아도 '타향'이라는 느낌을 지울 수 없었다. 특히 힘들 때 제일 먼저 생각나는 곳이 고향이다. 투박하지만 정감 있는 시끌시끌한 경상도 말을 듣고 싶었다. 도로 모퉁이에 있던 우리 집은 양쪽으로 커다란 길이 있었고 바로 건너편에는 파출소가 있었다. 길가 쪽에 붙은 작은 점포에서 아버지는 유리 가게를 했다. 문을 드르륵 열면 바로 차가 다니는 길이었다. 그래서 이웃 사람들은 우리를 보고 '길가 유리집 아들, 딸'이라고 불렀다. 우리 집 옆으로 연탄 가게와 목공소, 세탁소가 나란히 있었고, 눈을 치켜뜨면 천마산이 코끝에 닿을 듯 가까이 있었다. 우리 동네 터가 쌀 조리 모양으로 생겼다고 어른들이 얘기했다. 석미추(淅米蒭)라는 이름을 가진 조리로 큰 원을 그리듯 휘휘 저어 쌀을 일면 쌀알이 소복하게 담기듯 "이 동네에 오랫동안 살면 돈이 쌓여 부자가 된다."라고 덕담했다. 섣달 그믐날이 되면 복조리 장수들의 "복조리 사려." 고함 지르며 팔러 다녔다. 복조리 장수 아저씨의 막무가내 권유로 샀던 복조리는 문 위에 걸려 있었다. 쌀 조리는 부엌에서 열일을 하고 있었다.

시장 풍경

엄마는 가게 점원들에게 점심을 직접 만들어서 먹였다. 그러기 위해서는 매일 시장에 가야 했다. 심심하던 나는 '이때다.'라며 엄마를 따라나섰다. 문을 열면 찻길이 코 앞이다. 길을 따라 걸으면 마을버스 다니는 좁

은 찻길이 보였다. 그 길을 건너면 몇 개 되지 않는 나지막한 계단이 있었다. 맨 아래 계단에는 할머니가 작은 대야(다라이(たらい)라는 일본어가 아니고 순수 한국어)에 고래고기를 썰어서 팔고 있었다. 시장통으로 들어가면 사람들이 얼마나 많은지 엄마를 놓칠까 봐 손을 꼭 잡고 두리번거렸다. 군것질거리와 신기한 것이 많았는데 엄마는 설탕을 뿌린 꽈배기 튀김을 사주셨다. 꽈배기는 양 갈래 땋은 내 머리보다 이쁜 모양을 하고 있었다. 평소에는 작은 시장인 이곳을 가지만 제사나 생일 등 많은 음식을 마련할 때면 자갈치 시장에 갔다. 버스로 한두 정류장 거리이기에 집에서도 먼 거리는 아니다. 또한 작은 시장 통로를 지나 끝까지 걸어가면 자갈치 시장 입구기 때문에 충무동 자체가 거대 시장이나 다름없다.

자갈치 시장

경상도 남자인 남편은 해산물을 좋아한다. 아니, 재래시장 구경하는 걸 좋아한다. 친정 근처에 신혼집을 차린 우리는 심심하면 먹거리와 볼거리가 많은 자갈치 시장에 갔다. 비릿한 냄새를 맡고 펄쩍펄쩍 뛰는 싱싱한 생선을 보았다. 청춘남녀가 손잡고 지나가면 "회 한 접시 먹고 가이소."라고 시장 아지매들이 불렀다. 그러나 사랑 한 사발로 시작한 우리는 회 한 접시 먹을 정도로 넉넉한 주머니 사정이 아니었다. 횟집 앞을 빠져나오니 장 보러 온 사람들과 좌판 노점상들로 발 디딜 틈이 없었다. 노점상 아줌마는 연두색 플라스틱 쟁반 위에 각종 생선을 수북하게 담아놓고 손님을 불렀다.

[출처 : 부산관광공사, 한국관광공사]

우리는 못 들은 척 부르는 소리를 뒤로하고 도로 쪽으로 나왔다. 도로 쪽 역시 식당과 다양한 노점상이 있었다. 빨간 연탄불 위 석쇠에서 살짝 탄 듯 익어가는 꼼장어가 눈에 띄었다. 고소한 냄새에 끌려 허름한 천막 안으로 들어가 꼼장어를 주문하곤 연탄불을 사이에 두고 아무 말도 없이 불멍했다. 빨갛고 맛있게 양념 된 꼼장어를 주인이 연탄불에 달궈진 석

쇠에 얹어주고 갔다. 꼼장어는 지글지글 소리를 내며 익어가고 남편은 집게로 하나씩 뒤집었다. 그날 먹었던 꼼장어와 소주 한잔은 맵지도 쓰지도 않고 달았다. 싱싱함과 사랑 분위기 때문이었는지도 모른다. 가끔 생각나서 꼼장어를 먹지만 그때 그 맛과 탱글탱글함은 느껴지지 않고 대신 임창정의 '소주 한 잔' 노래가 생각났다.

성당 안 성수(聖水)

개구쟁이 동생은 동네 구석구석을 다니며 놀거리를 찾았다. 지금이야 여기저기 놀이터도 많지만, 그때는 길에 굴러다니는 돌멩이, 나무 막대기, 타고 버린 흰 연탄재도 놀거리였다. 둥글고 작은 돌로 공기놀이했고 납작한 돌은 비석치기에 '딱!'이었다. 나무 막대기는 자치기나 칼싸움 놀이 도구로 사용했다. 타고 버린 하얀 연탄재는 발로 문질러 분필 대신 땅바닥 줄을 그을 때 사용했다.

해가 지기 전까지만 놀기로 엄마랑 약속했다. 얼마나 정신없이 놀았는지 해는 기울어지고 몰골은 거렁뱅이 같았다. 이 꼴로 집에 가면 엄마는 당장 "내일부터 나가 놀지 마."라고 할 것 같았다. 동네를 손바닥을 보듯 꿰뚫고 있던 동생이 "누나, 나 따라와."라며 손을 이끌고 갔다. 높은 담 위에 장미 넝쿨이 있는 부잣집 동네에 조용하고 커다란 집이 있었다.

대문은 열려 있었고 말리는 사람도 없었다. "웬일이야."라며 살금살금 들어가 식수대 있는 곳으로 갔다. 더러워진 손과 얼굴을 씻으며 "이만하면 엄마에게 혼나지 않겠지."라며 머리에 물도 묻히며 단장했다. 그때 저쪽에서 "그만, 그만, 멈춰."라고 부르는 목소리에 기겁하며 후다닥 도망쳤다. '말 안 하고 남의 집에 들어와서 씻었다고 화가 나셨나.'라고만 생각했다. 식수대에서 물 좀 썼다고 혼내는 줄 알았기에 우리는 무서웠고 섭섭했다.

한참 지나서야 알았다. 우리가 들어간 곳은 성당이었고, 씻고 세수했던 그 물은 '거룩한 물'이란 뜻의 성수(聖水)였다. 그 이후에는 성당 근처에 얼씬도 하지 않았다.

목아 박물관

십여 년 전 지인들과 여주 강천면에 있는 목아 박물관에 갔다. 일주문을 지나 야외조각공원을 천천히 걸어 들어가니, 성모 마리아와 비슷한 관음상이 있었다. 관음 부처님을 뵈며 백의관음과 비슷한 분위기의 기억 속 성모 마리아님이 떠오른 것은 무슨 이유일까? 부드럽고 따뜻한 화강암의 재질을 살려 흰빛이 많은 화강석으로 만든 백의관음 입상(박찬수 作). 백의의 관음보살님을 살짝 만지며 어릴 적 성당의 성수 사건을 떠올렸다. 조계종 원로 혜승 스님의 "너와 나는 하나, 깨달을 때 행복이 옵니다."라는 말씀처럼 마리아님과 부처님은 하나라고 믿고 싶었다. '나는 관음 부처님을 좋아한다. 그러므로 마리아님도 좋다.' 지난해에는 아들 친구가 명동성당에서 결혼식을 한다고 해서 당당하게 축하해주고 왔다. 어릴 적 일이지만 "도둑이 제 발 저리다."라는 속담처럼 성수(聖水)에 손 씻은 일이 항상 마음에 걸렸었는데 가슴속에 걸려 있던 십 년 묵은 체증이 쏙~ 내려갔다.

추억의 힘

40대 중반쯤 되었을 때 몸과 마음이 병들어 삶의 의욕을 잃고 방황했다. 탈출구를 찾기 위해 가방을 메고 추억여행을 떠나기로 했다. 집에 있는 가족들이 마음에 걸렸지만 그러지 않고는 금방 숨이 막혀 죽을 것 같았다. 어릴 적 뛰어놀고 자랐던 흔적을 찾아 나섰다. 동네를 떠난 지 한참 되었다. 우리가 살던 집은 그대로 있었지만, 주변은 큰 도로가 생겨 완전히 바뀌었다. 기억을 더듬어 동네를 찬찬히 돌아보았다. 가게 문 앞에 있던 커다란 돌기둥 두 개가 눈에 띄었다. 작은 것 하나라도 흔적을 찾을 수 있어 만족했다. 다니던 등나무 그늘 초등학교와 5월의 장미원이 있던 중학교 교정을 거닐었다. 그 시절의 아이가 되었고 정화되며 치유되고 있었다. 몸이 힘들면 여행을 가서 쉬듯 마음이 힘들 때는 '추억의

힘'이라는 명찰을 달고 추억여행을 하면 된다. 지난 시절의 젊고 희망적

에너지를 담아오는 것은 최고의 명약이었다.

"그 수많은 경험이

지금의 나를 만들어냈다.

가끔은 추억을

꺼내 보는 시간을 가져보자."

— 『너와 함께』, 출처 : 티스토리 -

브라보 마이 라이프

추억은 마음을 쉬게 하고 정화시키며 치유하는 힘이 있다.
또 젊은 희망의 에너지를 담는 최고의 명약이다.

_____

_____

_____

_____

_____

_____

_____

2

말하는 대로
이루어진다면

작고 보잘것없는 미물에도 자기만의 이름이 있다. 이름이 주어짐으로써 사물은 비로소 의미를 얻게 되며 존재 가치를 지니게 되기 때문이다. 몸에 걸친 옷처럼 항상 걸치고 다니는 자신의 이름. 누구의 엄마, 아내보다 가장 잘 어울리는 나만의 이름을 갖고 싶다.

부모는 사랑의 결정체인 아이가 생기면 엄마 배 속 아이에게 특별한 의미를 지닌 태명을 지어 부른다. 출산일이 다가오면 최고의 이름을 짓기 위해 옥편도 뒤지고 여기저기에서 정보를 수집했다. 주변에는 소문난 작명소를 찾는 사람도 있었다. 입으로 부르는 대로 운명이 바뀐다는 말이 있듯이…. 의미가 좋은 지금의 내 이름도 많은 사람이 불러주었다. 부모님 최고의 선택으로 세련된 지금 이름이 지어졌을 것이다.

요즈음은 붓글씨를 쓸 때 먹물을 많이 사용한다. 그러나 붓글씨를 배우던 20대 때는 붓을 잡기보다 먹을 갈며 마음을 가라앉히는 일이 우선이었다. 벼루에 물을 붓고 도(道) 닦는 마음으로 먹을 갈아 먹물을 만들었다. 먹물은 정직하다. 덜 갈린 먹물은 화선지에 떨어지면 금세 쫙 번지며 연한 색의 글자가 된다. 조용한 서실의 분위기와 먹 향기는 반항과 불만이 가득했던 내 마음을 안정시키기에 안성맞춤이었다.

한두 해가 지나자 회원전 참가하라고 권유받았다. 작은 작품이라도 전시하려면 '호'가 필요했다. 옛날 양반들만 갖는 것인 줄 알았던 '호.' 나에게도 호가 필요했다. 속으로 웃음이 나왔다. 이름 석 자 앞에 붙을 원장님이 지어주신 호는 '심연(心硏).' 끓어오르는 마음을 가라앉히며 차분하게 진정시키라는 의미 같았다. 두 편을 출품했는데 한 작품은 생각나지 않지만 '무아(無我)'라고 쓴 작품에는 심연이라는 낙관을 찍었다.

인생은 말하는 대로 되듯 가수도 노래 부르는 대로 된 사례도 있다.
차중락은 '낙엽 따라가 버린 사랑'을 부르다가 본인도 29세에 낙엽 따라가 버렸고, 김정호는 '간다 간다 나는 간다' 부르다가 33세에 자기도 가 버렸다. 김현식은 '이별의 종착역'을 부르고 세상과 이별을 했으며, '독도는 우리 땅'을 부른 가수는, 독도의 명예 군수가 되었다. '나는 행복합니다'를 부른 가수는 목사가 되어 행복한 나날을 보내고 있습니다. 아마 히트곡은 많이 불러 노랫말과 같은 운명이 자신에게 다가왔는지도 모른다.

"이 소리가 아닙니다,
이 소리도 아닙니다.
용각산은 소리가 나지 않습니다."

- 용각산 광고 카피 중에서 -

그 당시의 내 마음도 그랬다. 이 음악이 아니다. 이 음악도 아니다. 클래식, 재즈, 국악 등 어떤 장르도 상관없고 소음이 아니면 어떤 음악이라도 좋았다.

바다 해(海)를 품은 내 이름. 바다가 많은 것을 가지고 있듯 모든 음악을 알고 싶다는 욕심이 생겼다. 그래서 이름 중 한 글자인 '바다 해(海)'를 섞어 '해소리'로 오랫동안 사용했다. 그러나 현실의 벽은 모든 장르의 음악을 마음껏 감상할 수 있는 상황은 아니었다. 바쁜 생활 속에서 음악을 즐겨 들을 만한 마음의 여유도 없었고 흥미도 사라지고 있었다. 그러나 해소리만은 가슴속에 오랫동안 품고 있었다.

요즘의 모임에서는 닉네임으로 개성 있고 멋지게 자신을 소개한다. 음악을 좋아하지만, 전문가는 아니다. 각종 장르의 음악을 알고 싶어 한다는 이유만으로 나를 해소리로 소개하고 싶지 않았다.

청소년들이 친구들과 원활한 대화를 위해 줄임말을 사용하듯 '나도 세 글자를 줄여 두 글자로 줄여볼까?'라는 생각이 들었다. 그렇게 해서 '해소리를 해솔'로 바꾸고 보니 제법 마음에 든다.

두 글자로 줄인 '해솔'이라는 단어에 의미를 부여해보았다. 바다 해(海)를 '해님 해'로, 두 글자 '소리'를 한 글자로 줄여 '솔'로 바꾸었다(솔(率)은 소나무 송(松)과 같은 뜻). 늘 푸른 소나무의 기력(氣力)과 해님의 따스한 기운으로 주변을 돌아보며 살고 싶다는 생각에 딱 맞아떨어졌다.

언젠가 다시 마음에 드는 새 이름이 생기면 갈아탈지도 모르지만, 지금은 '해솔'이라는 닉네임이 좋다. 말하는 대로 이루어진다고 하니 건강

하고 따뜻한 기운을 가진 '해솔'이라는 새 이름표를 달고 내일을 향해 걸
어간다.

말하는 대로 말하는 대로 될 수 있다고

될 수 있다고 그대 믿는다면

마음먹은 대로 생각한 대로

도전은 무한히 인생은 영원히 말하는 대로

- '말하는 대로', 처진 달팽이 -

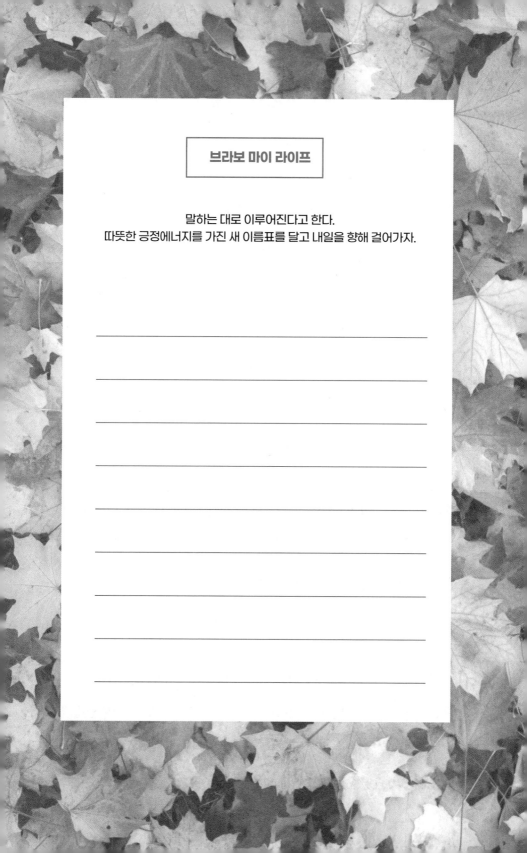

브라보 마이 라이프

말하는 대로 이루어진다고 한다.
따뜻한 긍정에너지를 가진 새 이름표를 달고 내일을 향해 걸어가자.

3

동네 아줌마에서
선생님으로

나는 음악을 좋아한다. '좋다'라기보다 사랑한다는 표현이 맞다. 닉네임에도 소리라는 단어가 들어갈 정도다. 중주곡, 교향곡, 오페라에서부터 국악, 동요, 재즈 등의 다양한 음악에 심취했던 때가 있다. 어릴 적 접했던 피아노를 다시 배우기 시작하며 피아노와 깊은 사랑에 빠졌다. 맛있는 음식, 애인을 만나는 것도 나의 피아노 사랑을 뛰어넘을 수는 없었다. 언제나 1순위였다.

레슨 받은 후에는 작은 골방에 들어가 미친 듯이 연습했다. 연주가 마음에 들면 신나서 연습했고 마음대로 연주되지 않으면 화가 나서 연습했다. 건반을 두드리며 웃고 울었던 적이 얼마나 많았던가. 그것은 단순히 기쁨과 슬픔의 눈물이 아니다. 자신을 단련시키는 성장의 눈물이었으며 그만큼 피아노를 사랑하기 때문이다.

꿈은 뭐니?

피아노를 배우면서 선생님의 배려로 아이들을 가르치게 되었다. 아이들에게 노래와 피아노를 가르치며 자연스럽게 피아노 선생님이 되었다. 어릴 때 어른들이 '네 꿈은 뭐니?' 물어보면 일 초의 망설임도 없이 '초등학교 선생님!'이라고 대답했다. 학교 선생님은 아니지만, 피아노 선생님도 좋았다.

아이들을 가르쳤던 곳은 상가 건물이 아닌 우리 가족이 사는 4층짜리 건물 4층 방이었다. 1층에는 가게, 2, 3층은 살림집, 4층 옥상에는 방 한 칸과 장독대와 빨랫줄이 있는 마당이 있었다. 4층 방에는 까만 ○○겔 피아노, 전축과 턴테이블, LP판이 있었다. 나는 그곳에서 아이들을 가르치고 차 마시며 음악을 감상했다.

직장이 서울인 남자와 결혼해 고향을 떠나 서울에 방을 구했다. 우리가 거처할 방은 피아노가 들어갈 수 없을 정도로 작은 한 칸짜리 방이었다. 많은 시간 함께 울고 웃었던 피아노, 내 영혼이 모두 담겨 있는 피아노를 팔아야 했다. 4층에 있던 피아노는 굵은 밧줄에 칭칭 감겨 건물 벽을 타고 바닥으로 내려왔다. 대롱대롱 매달려 내려오는 피아노를 쳐다볼 수 없었다. 구석에 숨어 딸자식 시집보내는 것처럼 울면서 보았다. 팔린 까만 피아노는 작은 트럭에 실려 무정하게 떠났고, 나는 서울로 왔다.

아이들과 남편 우리 네 식구는 몇 년을 산동네 2층 한 칸짜리 방에서 살았다. 아이들은 돌산인 뒷산이 놀이터였다. 아이들이 어린이집에 가고 나면 부업으로 하던 꽃 만드는 일을 위해 마당에 돗자리를 깔았다. 몇 사람씩 둘러앉아 꽃 만들기에 열중했고 'ㅇㅇ엄마'라고 불렸다.

몇 년 후 조금 넓은 아래층으로 이사했다. 방이 두 칸이라는 것만으로도 만족했는데 남편의 깜짝 선물이 있었다. "이사 때 선물도 같이 줄게."라고 남편이 말했다. 나는 픽 웃으며 "선물은 무슨~."이라고 말했지만, 은근히 기대했다. "피아노 사줄려고 했는데 싫으면 말고."라고 밀당한다. "피아노를 사준다고?" 내 귀를 의심했다. 흥분된 마음을 가라앉히고 남편이 피아노 대리점 조율 기사인 친구에게 전화를 걸었다. 다음 날 대리점으로 가서 진열되어 있는 피아노를 보는 순간 심장이 쿵쾅거렸다. 얼마 만에 보는 하얗고 까만 건반인가. 오랜만에 만져본 피아노라 멋지게

칠 수 있는 곡이 없었다. 그때 눌렀던 '젓가락 행진곡이 그렇게 멋졌나?'
라는 생각이 들 정도로 멋진 곡이었다.

다시 만난 나의 분신

우리가 사는 곳은 산동네라 겨울이 되면 아이들이 빨래판을 들고 썰매
를 타고 논다. 소방도로만 있는 경사진 곳이라 차가 올라오지 못할 것 같
아 걱정이었다. 피아노 놓을 자리를 닦고 또 닦았다. 시간이 지나도 오지
않는다. '지대가 높아 배달 안 되면 어쩌나.' 조급증이 났다. 점심시간이
지나니 까만색 칠을 한 철 대문 앞에 트럭 소리가 났다. 두툼하고 검은
천으로 덮은 커다란 피아노, 검은 천을 벗은 갈색 피아노는 부엌에 달린
작은방에 겨우 들어갔다. 얼마나 좋은지 닦고 닦아 반질반질했다. 유치
원 다니던 아들과 피아노 치며 노래했다. 아들은 목청껏 노래 부르며 엄
마를 신기하게 쳐다보았다. 다음 날 그다음 날도 아이들은 유치원 친구
들을 데리고 왔다. 아이들은 반주하는 내 주위를 빙 둘러서서 악을 쓰듯
노래했다. 귀 고막이 찢어질 것처럼 고함치는 아이들 노랫소리가 시끄럽
지 않았다. 아이들은 행복이었다.

반주자 선생님

아들이 다니는 어린이집에서 동요대회 일정이 잡혔다. 원장님이 반주

를 부탁했고 나는 흔쾌히 승낙했다. 아이들이 부를 곡명을 미리 받아 연습하고 동요대회 날 유치원으로 갔다. 피아노 앞에 앉아 아이들 눈을 보며 노래에 맞춰 반주했다. 행사를 마치고 나오는데 강사들이 "반주자 선생님, 너무 멋졌어요."라고 칭찬했다. 아이들에게 당당한 엄마의 모습을 보여줄 기회를 주신 원장님께 "감사합니다."라며 화답했다. 얼마 만에 들어보는 선생님 소리인가.

그 이후로 어린이집에 가면 ○○엄마보다 피아노 선생님으로 불렸다. 그렇게 나는 동네 아줌마에서 다시 선생님이 되었다. 아들과 아들 친구들을 가르쳤고 피아노는 한 대, 두 대 늘어났다. 아들 덕분에 우연히 다시 만난 선생님 자리. 집에서 상가로, 광명에서 인천으로 옮겨가며 이십년 이상 아이들을 가르쳤다. 나에게 배웠던 그 꼬맹이들이 결혼해 아이를 낳았고, 그 아이가 자라 유치원생이 되니 또다시 나에게 데려왔다.

사랑해서 만난 피아노가 생업이 되어 싫을 때도 있었다. 그러나 지나고 보니 누군가를 가르칠 때 행복했고 살아 있음을 느꼈다. 특강으로 가르쳤던 오카리나를 반려 악기로 함께하기로 마음먹었다. 십여 년 전부터는 본격적으로 배우고 가르치며 활동하기 시작했다. 생업으로 다시 시작했던 선생님 자리. 시간이 지날수록 이 일은 나에게 천직이나 다름없었

다. 아이들을 가르치며 익힌 쉬운 교수법으로 이제는 어르신들을 가르친
다. 가끔이지만 봉사 연주도 한다. 그곳에서 나는 강사님이며 연주자다.
꿈은 꿈꾸는 자의 것이라고 하지 않는가?

오랫동안 꿈을 그리는 사람은
마침내 그 꿈을 닮아간다.

- 앙드레 말로 -

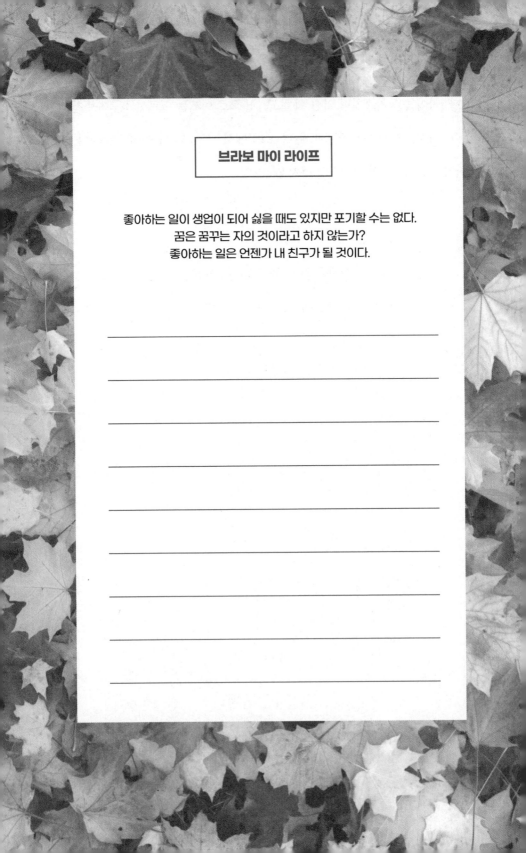

브라보 마이 라이프

좋아하는 일이 생업이 되어 싫을 때도 있지만 포기할 수는 없다.
꿈은 꿈꾸는 자의 것이라고 하지 않는가?
좋아하는 일은 언젠가 내 친구가 될 것이다.

4

우리는

~~~

　성별과 나이 상관없이 사람들은 음악 속에서 살고 있다. 눈뜨면 제일 먼저 울리는 알람음. 수시로 들려오는 휴대폰 벨 소리 'morning strum'. 하루에 몇 번씩 들리는 현관의 벨 소리 등…. 길거리나 지하철에서도 이어폰을 귀에 꽂고 다니는 사람들이 눈에 많이 띈다. 감미로운 발라드곡이나 경음악이 버스나 전철 스피커에서 흘러나오면 몸에 쌓인 피로와 스트레스가 스르르 사라지고 위로받는다. 나도 한때는 음악에 빠져 있었다. 내 인생의 대부분은 음악과 함께였다. 가방 속에 숨겨간 식빵을 커피에 찍어 먹던 음악다방 죽순이 시절이 있었다. 클래식에 심취해 안이 훤히 보이는 뮤직박스에서 DJ를 하던 때가 있었다. 법정 스님을 뵈러 불일암 가던 길에서 만난 한 남자도 가끔 그곳에 와서 음악을 신청했다. 아는 음악이 그것뿐인지, 좋아하는 곡인지는 모르지만 꼭! 한 곡만 신청했다. 그 남자가 들어오면 나는 자연스럽게 그가 신청할 곡이 있는 협주곡 칸으로 갔다. 재킷 표지만 보고도 알 수 있을 정도로 나도 좋아하는 곡이다. LP판을 찾아 턴테이블에 올렸다. 신청곡은 '모차르트 피아노 협주곡 21번 2악장.' 〈엘비라 마디간〉 영화 주제가로 사용되었던 곡이다.

[모차르트 〈엘비라 마디간〉]

우리는 내 관심사였던 음악과 불교 관련 이야기를 주로 했다. 언젠가는 "60평 아파트에서 나만을 위해 통유리로 만들어진 그곳에 LP 판과 멋진 오디오가 있는 음악 감상실, 상앗빛이 도는 그랜드 피아노를 사줄게."

라는 결혼 공약을 걸었다. 그렇게 우리는 어찌어찌하여 결혼했다. 지금 같으면 절대로 믿지 않겠지만, 그때 내 눈은 이미 콩깍지가 씌워져 있었다. 그래서 원하는 것은 모두 해주는 줄 알았다. 결혼하고 두어 달 지나면 출국하는 건 알았지만 시간은 왜 이리 빠르게 지나는지, 두 달이 휘리릭 지나고 그는 대만행 비행기를 탔다.

일주일에 몇 번씩 편지를 주고받으며 사랑을 확인했다. 학기가 지나자 방학 때 집에 온다고 했다. 방학이 되었고 그는 돌아왔지만 되돌아가지는 않았다. 처음 몇 달은 알콩달콩 행복했다. 그러나 시간이 흐를수록 한 달 한 달 사는 게 버거워졌고 자주 티격태격했다. "경제적으로 어려우면 사랑은 창문으로 날아간다."라던 어른들 말이 생각났다. 남편은 서울로 떠났고 나는 친정 근처에 자리를 잡았다. 상상해보지도 않은 배고픈 현실에 음악은 별나라 일이 되고 말았다. 살림이라고는 1도 모른 채 그의 아내가 되었고 엄마가 되었다.

당분간 모든 것을 포기해야 했다. 아이를 재우기 위해 '섬집 아기'를 불렀다. 눈물이 나며 엄마가 보고 싶었다. 아이들이 놀 때는 동요 카세트테이프를 종일 틀었고 노래는 위안이 되었다. 아이들 덕분에 잊었던 음악을 들으며 갈증을 조금이나마 해소했다.

마흔이 조금 지났을 때 성악 하는 언니를 따라 교수님의 댁을 방문했다. 와~~ 눈이 휘둥그레졌다. 까마득하게 잊고 지냈던 음악 감상실이 제일 먼저 눈에 들어왔다. 교수님은 성악, 사모님은 첼로를 전공해서인지 자그마한 거실에 검은색 그랜드 피아노. 거실의 한쪽은 통유리로 만들어진 음악실이 있었다. 벽면 가득히 CD와 LP판이 정갈하게 진열되어 있었다. 결혼 전, 남편이 공약했던 그 상황이 교수님 댁 거실에 펼쳐져 있었다. 교수님은 피아노 반주하며 이태리 가곡 'O Sole Mio(오 솔레미오)'를 불렀고 언니와 우리는 꿈꾸듯 차를 마셨다. 시간이 지나면 지날수록 남편의 공약은 공염불이 되었다.

세 개의 공약

남편이 공약했던 60평의 아파트. 그게 어느 정도의 크기인지는 60평에 사는 친구네 집에 가서야 가능할 수 있었다. 60살이 지난 지금까지 감감무소식이다. 약속했던 상아색 그랜드 피아노, 열정적으로 즐겁게 연주했던 섬세하고 긴 내 손가락은 뻣뻣하고 거칠어졌다. 눈이 침침해 악보 보기도 힘이 든다. 테니스 엘보로 망가진 내 두 팔은 피아노와 점점 멀어졌다. 그나마 노트북 자판을 두드릴 수 있는 두 팔이 있어 다행이다. 꿈에 그리던 music box는 언감생심. 오랫동안 끌고 다녔던 턴테이블은 현실을 깨닫고 몇 년 전에 없애버렸다. 뮤직박스를 꿈꾸며 결혼 전부터 보관하고 있는 100장 남짓한 LP판. 젊은 날의 추억과 손때 묻은 LP는 아직도 보관하고 있다. 세월이 흐르며 예민하고 따뜻한 내 감성은 무디어졌으며, 풍부했던 음악적 이론과 이해력은 사라졌다. 그리고 자그마한 소리조차 잡아내었던 민감했던 귀는 조금씩 먹먹해지고 있다. 그렇지만 결정적인 것은 '이제는 시끄러운 것이 싫다.'라는 것이다. 이제는 그냥 평범한 삶과 자연이 잔잔한 음악이 되듯이 조용히 살고 싶어질 뿐이다.

처음처럼 우리

약속을 지키지 못한 남편을 원망하는 것은 아니다. 가끔 야속하고 섭섭하긴 했지만 후회하지는 않는다. 왜냐면 인간의 마음은 두 마음, 내 마음도 두 마음. 저울에 달아본다면 원망보다는 사랑하는 마음 쪽으로 저울추가 조금, 아주 조금 기울어져 있기 때문이다. 우리는 그렇게 지지고 볶으며 사랑했고 치열하게 살았다. 세월이 흐르며 우리는 각자의 모습으로 변했다. 자신의 방식대로 살아가고 있다. 늙어감이 아닌 조금씩 익어가고 있다. 언제나 남의 편이었던 남편과 아내인 동반자의 관계에서 벗어나고 있다. 옆에서 잔소리하고 심부름시키면 귀찮고, 남편이 친구 만나러 나가고 없으면 허전한, '든든한 옆 지기'로 발을 맞추며 걷는다.

브라보 마이 라이프

지지고 볶으며 사랑하고 치열하게 사는 많은 부부,
사랑 내기 부부는 늙어감이 아닌 조금씩 익어가는 것이다.

_____

_____

_____

_____

_____

_____

_____

5

돈보다 소중한 아버지의
유산

동네 음악회

3호선 양재역 근처 골목길, 주택가에 있는 자그마한 공원이 있다. (사)
○○ 주최의 동네 음악회 연주자로 선정되었다. 길거리나 다름없는 공원
에서의 작은 연주라도 연습은 필수이다. 기타와 함께 푸르름 가득한 공
원에서 오카리나 연주를 시작했다.

5월의 연초록 나뭇잎은 바람에 살랑거렸다. 근처 테이블에서 차 마시
며 감상하는 관객들 모습에서 여유로움이 느껴졌다. 연주 후에는 뿌듯함
과 함께 항상 남는 아쉬움, 역시 오늘도 그랬다. 집으로 돌아오니 긴장이

풀려서 몸은 파김치처럼 흐늘거렸고 눈은 흐릿하고 뻑뻑했다. 마음은 20 대인데 몸은 예전 같지 않다. 나이는 숫자에 불과한 게 아니었다. 마음만 청춘인 마음과 몸의 밸런스가 깨진 것이다. 뻑뻑한 눈을 위해 안과보다 집 뒤에 있는 산으로 갔다. 주변의 풀을 보고 냄새 맡으며 여유롭게 걷기 시작했다. 우리 집에 처음 오셨던 아빠가 생각난다. 산을 좋아한 아빠는 딸 집에 계시는 며칠 동안 개구쟁이 외손자들과 함께 매일같이 뒷산 구석구석을 다녔기 때문이다.

생애 첫 선물

아빠가 식사하시며 "내일 시간 낼 수 있어?"라며 물었다. "어디 가실 곳 있으세요?"라며 대답 대신 되물었다. "너에게 옷 한 벌 사주고 싶다."라고 하셨다. "괜찮아요!"라며 나는 짧게 대답했다. 개구쟁이 아들을 데리고 다닐 일도 다닐 곳도 별로 없어 사양했다.

아빠가 딸에게 옷 사준다는 말을 한 적은 평생에 처음이었다. 아빠가 번 돈으로 엄마가 자식들 옷을 사서 입혔다. 그렇게 자랐기에 '아빠랑 백화점에 간다.' 생각만 해도 어색하다. 아빠와 딸이 손잡고 쇼핑가는 조합이 영 어울리지 않았지만 서운해할 것 같아 아빠와 함께 백화점에 갔다. 엄마가 물건 사러 갈 때도 한 번 따라간 적 없던 아빠는 내가 옷 고르는 모습을 먼 곳에서 지켜보고 있었다. 어디에나 어울릴 듯한 마직 흰색 재킷을 골랐다. 흰색 재킷은 아빠가 딸에게 주신 처음이자 마지막 선물이었다.

아버지는 시골 7남매의 장남이라 아끼고 또 아끼는 구두쇠였다. 단 한 푼도 허투루 쓰지 않고 자식들에게 용돈을 그냥 줘본 적이 없었다. 돈 달라 손 벌리면 물 한잔이라도 가져오라는 심부름시킨 후에야 돈을 주셨다. 그때는 달랑 동전 한두 푼 주면서도 심부름시키는 게 섭섭하고 야속했다. 우리가 투덜거리면 "세상에 공짜는 없는 거야."라며 줬던 동전을 다시 가져가기도 했다. 아빠는 어릴 적부터 자식들에게 돈의 소중함을 가르쳤다. 아버지는 부지런과 검소함, 절약으로 자식들을 키워내셨다.

아빠의 돈 관리법

아빠는 자그마한 유리 가게를 운영하며 가족의 생계를 책임졌다. 가게 문을 닫고 3층으로 귀가하면 매일같이 정성껏 하는 일이 하나 있다. 나무로 만든 금고에서 종일 번 돈을 꺼내 방바닥에 펼쳤다. 지갑이 별로 없던 그 시절에는 돈을 주로 주머니에 넣어서 사용했다. 주머니에서 나온 지폐는 꼬깃꼬깃해 못 쓰는 종이 같았다. 아빠는 지폐는 지폐대로, 동전은 동전대로 정리했다. 다림질할 때 입으로 물을 뿌리듯 아빠는 고무줄로 묶은

돈을 손에 들고 입에 물을 머금고 분무기처럼 쫙 하고 물을 뿌렸다. 그 돈을 아빠는 베개 밑에 놓고 베고 주무셨다.

다음 날 아침이 되면 꼬질꼬질하던 종이돈은 은행에서 갓 나온 신권(新圈)처럼 변했다. 당신의 노력과 피땀으로 번 돈은 몸보다 소중히 여겨 정성을 다했으며 황금처럼 아꼈다. 단칸방에 사는 딸이 안쓰러워 피 같은 돈으로 나에게 옷 선물을 하셨다.

응급실

자식들을 모두 출가시키고 엄마와 두 분만 사실 때에도 역시 부지런했다. 새순이 나는 봄이 되면 언양 석남사가 있는 가지산에 갔다. 심마니처럼 온 산을 헤매고 다녔다. 머위, 두릅, 취나물 등 내가 알지도 못하는 산나물과 약초를 캐어오셨다. 손톱이 제대로 자라난 것을 본 적이 없을 정도로 아빠는 부지런했다.

그날도 어제처럼 물과 간식거리를 가방에 넣고 집 근처 언덕배기에 있는 손바닥만 한 텃밭으로 가셨다. 귀가 시간이 지나고 밤이 어두워져도 아빠는 돌아오지 않았다. 식구들이 여기저기 수소문했다. 그러나 행방을 알 수 없었다. 오빠는 파출소에 신고하고 근처의 크고 작은 병원에 전화해 응급실 환자를 확인했다. 샅샅이 찾았지만, 오리무중이었다. 다음 날에는 전날 가지 못한 병원을 찾았다. 아빠의 인상착의를 말했더니 비슷한 어르신 환자가 있다고 한다. 오빠는 응급실 한쪽 구석 침대에 누워 있는 아빠 모습을 보았다. 오빠는 '휴~다행이다.'라는 안도감은 잠깐이고 '억장이 무너지는 것 같았다.'라고 했다.

마지막 걷던 길

자전거를 끌고 텃밭을 가다 지나는 자동차에 부딪혀 넘어졌다. 쓰러져 있는 아빠를 지나가는 사람이 신고해 병원으로 옮겼다고 했다. 넘어지면서 머리를 다쳤다. 가족들과 바로 연락이 닿지 않아 수술 타이밍을 놓쳤다. 늦게나마 수술을 끝낸 아빠를 보며 가족들은 안도했다. 며칠 전까지 자전거를 타고 건강하게 다니던 아빠가 갑자기 병상에 누워계셨다. 자전거를 끌고 텃밭으로 가던 그날은 인생에서 마지막으로 걸었던 날이 되었다. 하룻밤이 지나도 보호자가 나타나지 않으면 병원에서는 '연고 없음'으로 처리할 예정이었다니 생각만 해도 아찔한 상황이었다.

병상 위의 아버지

시간을 놓쳐 수술 경과는 좋지 않았다. 아빠는 까까중처럼 머리를 밀었고 목에는 가래를 뽑아내는 기구를 꽂았다. 젊을 때부터 줄담배를 태웠던 아빠는 폐가 약해 고통스럽게 기구로 가래를 뽑아낼 수밖에 없었다. 가래를 뽑기 위해 기구 속으로 관을 넣으면 아버지는 몸서리를 치며 고통스러워하셨다.

곁에서 바라보는 가슴은 찢어지는 듯했다. 사람이 연명하며 산다는 게 얼마나 힘이 드는지 눈앞에서 펼쳐지고 있었다. 음식물은 주사기에 담아 코에 꽂혀 있는 긴 관을 통해 몸속으로 들어갔다. 숨쉬기도 힘들어했고, 맛과 향도 느낄 수 없는 음식을 삼키며 천장을 쳐다보고 있었다. 아버지는 자신보다 남아 있을 아내와 자식들을 위해 평생을 악착같이 일하며 돈을 벌었다. 즐기지도 누리지도 못한 채 병상에 누워 아무것도 할 수 없는 아버지, 인간의 모습이 너무나 나약하고 어리석어 보였다. 나는 뼈만 앙상하게 남은 아버지를 살포시 안았다.

'아버지, 죄송합니다, 잘못했습니다, 사랑합니다.'라고 고백했지만, 눈만 꿈벅거릴 뿐 말 한마디 하지 못하셨다. 대신 눈으로 나를 품으셨다.

인간의 모습

서울에 살던 나는 아빠가 계신 부산을 한 달에 2~3번 정도 찾아뵈었다. 뵐 때마다 사그라져가는 아빠의 모습을 보았다. 평생을 아등바등 얼마나 열심히 사셨던가. 원래 까만색인 것처럼 손톱은 항상 까맸고 끝은 닳아서 언제나 뭉툭했다.

아빠는 그 손으로 악착같이 자식들을 키웠다. 당신 인생의 모든 걸 포기하며 늙은 아내와 출가한 자녀 그리고 당신이 살던 집 한 칸이 총재산이다. 하고 싶은 공부도 먹을 것도 입을 것도 제대로 누리지 못하며 절약해서 얻은 집 한 채. 그것의 반 이상은 당신 자신을 위한 삶이 아닌 노구(老軀)의 병원비에 사용되었다. 얼마 되지 않는 나머지 재산은 홀로 남은 엄마의 생활비와 병원비로 사용되었다.

어떻게 살 것인가

일 년 반 이상을 식물인간처럼 병상에 누워 있는 아버지를 보면 죽음의 문턱에 가까워지고 있다는 걸 알 수 있었다. 아버지의 사그라지는 모습을 보며 '나는 누구인가?'를 생각하게 되었다. 그럼 '사람이 어떻게 살아야 하는가?'라는 생각으로 방향이 바뀌었다. 사람은 무엇을 하며 어떻게 살아야 하는지를 아버지는 병상에서 몸소 보여주셨다. 평생을 가르친 것보다 더 많은 것을 깨우치게 했다. 돈으로 얻을 수 없는 소중한 값진 유산이었다. 아버지의 모습을 보며 먹고살기 위해서만 더 이상 아등바등하지 않기로 결심했다.

언젠가 사라질 '나'라는 부모님이 주신 이 몸, 값진 삶으로 효용가치를 높여 어딘가에, 누군가에게 보탬이 되는 삶을 살고 싶다. 하고 싶고 할 수 있는 꿈을 내 가슴속에 차곡차곡 쌓기 시작했다. 부모님이 주신 성실함과 꾸준함으로 일군 나의 모든 것은 '내가 아닌 우리를 위해'로 방향 전환되었다. 퇴직 후에 내 모습은 그렇게 변할 것이며 꼭! 변하고야 말 것이다. '사람은 어떻게 살아야 하는가?'라는 것을 가시는 길에 몸소 보여주셨다. 나는 늦게나마 눈을 뜨기 시작했다.

나는 사람이 살아간다는 건
시간을 기다리고 견디는 일이라는 것을
깨닫게 되었다.
시간은 흐르고 모든 것은 지나간다.

- 『바리데기』 황석영

브라보 마이 라이프

사그라지는 아버지를 보며 '나는 누구인가?'를 생각했다.
'사람이 어떻게 살아야 하는가?' 먹고살기 위해서만 더 이상
아등바등하지 않았으면 한다.

_____

_____

_____

_____

_____

_____

_____

_____

6

안개 속 나를 일으켜 세운
이 박사님

언제부터인지 당연한 듯 너도 나도 100세 시대를 이야기한다. 주변 요양원에 계시는 분 중에는 90세 이상 어르신들이 많다. 생각이 많은 유형 중에는 걱정이 많은 사람도 많은데 내가 그중 한 사람이다. 중년이 지나지도 않을 때부터 '노후 모습은 어떨까?'라고 고민했다. 구체적이진 않지만 나름 차근차근 준비했다. 좋게 말하면 '제2의 삶' 준비 단계, 다른 사람들 눈에는 '걱정을 사서 한다'로 비쳐 유별스럽다고 했다. 주변에서 그러건 말건 나의 제2의 멋진 삶을 위한 탐험은 계속되었다. 가정과 현실의 조화를 무시한 채 빡센 하루하루의 일정을 해결하며 버텼다. 몸과 정신은 피폐해졌고 의사 선생님은 휴식이 아닌 요양을 권했다. 몸 상태는 엉망이었고 머리는 돌기 직전이었다.

산다기보다 버틴다는 말이 더 잘 어울릴 정도로 바쁘고 힘들게 1인 3~4역을 소화했다. 먹는 양보다 활동량이 많은 내 몸은 그날따라 물먹은 솜처럼 몸이 축 늘어졌다. 땅속으로 끌려들 듯 깊은 잠에 빠졌다. 그때 꾸었던 꿈이 선명하게 기억난다. 낮은 산등성이 위에 있는 커다란 나무 아래 혼자 서 있었다. 그 주변은 안개가 자욱했고 주변에 아무도 없는 그곳의 나는 외롭고 무서웠다. 손을 뻗어도 손에 닿는 게 하나도 없었다. 그곳을 벗어나기 위해 안간힘을 썼다. 그때 몸과 마음을 기대기 위해 만난 것이 오카리나고, 박사님이었다.

돌심방

멋지게 나이 든 모습을 꿈꾸던 나는 오카리나 소리의 매력에 빠졌다. 오카리나를 통해 꿈을 이루고 싶었다. 뛰어난 실력의 연주자가 되고자 하는 것은 아니다. 내가 힘들 때 오카리나가 위안이 되었듯, 나도 누군가에게 그런 존재가 되고 싶었다. 그러나 어디에서 어떻게 해야 하는지도 몰라 무심하게 SNS를 뒤지고 다녔다. 그곳에서 '두리'라는 이름을 가진 시 낭송가 한 사람을 만났다. 그때 SNS에서 만난 두리는 인천의 청량산, 돌심방 카페에서 시 낭송과 오카리나로 콜라보 행사를 계획하고 있었고 나도 합류하기로 했다. 야외에서 시화전과 시 낭송, 오카리나 연주 등 동아리 위주의 행사였다. 오카리나 앙상블 연주팀에 6명이 참여했고 그중에 인상 좋은 남자분도 있었다. 연세가 좀 있어 보이는 그분을 '이 박사님'이라 불렀다. 성이 李가인 ○○박사님인 줄 알았다. 행사를 마치고 근처에서 차를 마시며 담소를 나누다 보니 오랜 지인처럼 마음이 편했다. ○○박사님이 아니라 단원들이 존경의 의미로 지어준 애칭 같은 호칭이었다. 다음 주부터 함께하자는 제안을 받았고 참여하기로 약속했다. 인상 좋은 그분은 팀의 단장이었다. SNS에 도전했던 알 수 없는 그 용기는 박사님을 만나기 위해 생겼는지도 모른다.

처음 뵈었을 때 연세는 일흔쯤 되어 보였고 약간 굽은 등을 가지고 있었다. 편안한 인상과 중저음의 목소리가 편하게 다가왔다. 박사님이 젊은 시절 500m 스피드 스케이트 선수였다는 것을 일 년이 훨씬 지나서 알았고 굽은 등을 이해할 수 있었다. 스케이트 선수가 되기 위해서는 무릎을 최대한 앞으로 빼고 엉덩이 높이는 낮추어야 했다. 최대한 발뒤꿈치에 가깝게 구부린 자세로 엄청난 훈련량을 소화해야 했을 것이다. 일등이 되기 위해 많은 연습을 했고 몸은 정형화되었고 굽은 등을 갖게 되었다. 누구나 뼈를 깎는 노력 없이는 목표 지점에 닿을 수 없다. 젊을 때는 꿈과 목표를 향해 질주했다. 그러나 연세가 든 지금은 그때의 징표로 남은 협착증 통증을 가라앉히기 위해 지금도 매일 새벽 독한 약을 드신다. 마음이 짠하다. 그럼에도 불구하고 쉬지 않고 악기 연습에 몰두하는 박사님이 존경스럽다. 보약도 많이 먹으면 탈이 나듯 무엇이든 무리하면 몸에 이상이 생긴다. 박사님의 훈장과 같은 굽은 등은 황금빛 메달보다 더 크고 멋지게 보였다. 몸의 훈장이 탐났다.

도전

학원을 운영하며 시간이 날 때마다 자투리 시간을 이용해서 연습했다. 흙으로 만든 트리플 오카리나는 묵직했다. 같은 자세로 매일 2~3시간씩 서서 연습하니 체력에 무리가 왔다. 어깨는 돌을 얹은 듯 무거웠고 팔과 손가락은 찌릿찌릿하며 감각이 없었다. 그러나 포기하지 않았고 도리어 열정으로 밀어붙였다.

도전 과제는 '등굣길 음악회.' 자신감 없고 소심한 내가 길거리나 다름 없는 교문 앞에서 '할 수 있을까?'를 시험해보고 싶었다. 단장님은 "하실 수 있어요."라며 용기를 주었다. 연주 악보와 MR 등 필요한 자료를 아낌없이 주셨다. 제일 먼저 주신 자료는 '넌 할 수 있어라고 말해주세요'와 몇 곡의 동요였다. 이 곡의 노랫말은 어떤 백 마디 말보다 큰 힘이 되었고 지금도 즐겨 연주한다. 박사님은 나에게 모든 것을 주는 '아낌없이 주는 나무'였다. 한 곡을 50번 이상 연습했다. 나만의 기준으로 곡을 선곡해 6개월 이상 연습하고 또 연습했다. 드디어 새 학기가 시작되었다. 아침 공기 쌀쌀한 3월이 지나 4월 첫 주부터 교문 앞에 보면대를 세웠다. 그렇게 도전한 등굣길 음악회, 지금까지 살며 제일 잘한 일 중의 하나로 꼽을 정도로 소중한 터닝 포인트가 되었다. 서예, 오카리나, 팬 플루트 등 꾸준하게 자기 계발하며 노력하는 박사님을 뵈며 존경과 믿음이 생겼고 도전이라는 용기가 생겼다.

[팬 플루트 오카리나 2중주]

박사님을 만난 지도 10년이 지났으니 건강이 예전과 같지 않아 마음이 쓰인다. 박사님은 몇 년 전 여동생과 '오라버니랑 누이랑'이라는 이름으로 남매 연주회를 했다. 그때 무리한 연습으로 '손목터널 증후군'이 생겨 오카리나 대신 팬 플루트를 연주한다. 예전처럼 오카리나 2중주는 아니지만 지금도 연습실을 찾아가 '팬 플루트와 오카리나'로 호흡을 맞춘다. 호흡이 예전 같지 않아 힘 있는 소리는 아니지만, 연습하는 그 순간은 환상의 연주이고 행복의 시간이다. 다음 주에 있을 동네 음악회를 위해 '제비와 사랑의 기쁨'을 연습하고 왔다. 제2의 삶에서 '행복은 무엇인가?'에 대한 답은 '바로바로 지금.'

적지 않은 연세인 박사님은 지금도 차곡차곡 삶을 채우고 계신다. 새해가 되면 진심이 가득한 연하장을 먹물로 적어 한 명 한 명 단원들한테 보낸다. 사무실 벽에는 먹으로 직접 적은 작은 글귀가 걸려 있다. 권위적이지 않고 감성적이며, 편안함까지 있으니 내 노후 모습의 모델이기도 하다. 음악 취향도 비슷해 배우고 싶은 곡을 말하면 악보를 구해 함께 연습했다. 박사님과 중주곡을 연습하니 호흡도 잘 맞아 실력도 늘었다. 우리는 가끔 이중주로 연주했다. 오카리나에 홀리며 내 건강은 많이 회복되었고 마음도 안정을 찾기 시작했다. 힘들어할 때 손을 내밀어주신 박사님께 뭐라 감사드려야 할지 모르겠지만 제2의 삶을 찾아가는 터닝 포인트 한 부분인 것만은 틀림없다.

박사님께 "운동하던 분이 음악을 이해하고 연주하는 게 가능한가요?"

라며 물어본 적이 있다. 박사님은 "리듬을 타야 스케이트가 속도를 낼 수 있기에 운동이나 연주는 같은 것이다."라고 말했다. 음악에는 높고 낮은 멜로디와 리듬이 필요하다. 세상살이도 오르막길과 내리막길이 있다. 길고 짧은 음을 나타내듯 인생은 빨리 갈 때도 있었지만 먼 길을 돌고 돌아 먼 곳에 서 있을 때도 있다. '스케이트도 리듬'이라는 말에 무릎을 탁! 쳤다. 사는 데도 리듬이 필요한데 빨리 빨리만 외치며 달려왔다. 가끔은 긴 박자로 느긋하게 가야 할 때도 있다. 이제야 한 박자 쉬기도 하며 자기 인생 악보에 리듬을 넣는 법을 알게 되었다. 리듬 없는 삶은 고장 난 삶과 같은 것입니다.

우리 삶의 조각 하나하나를 조화롭게 결합시켜
완성하는 것도 리듬이다.
'위대한 나'는 모든 것을
삶의 리듬 속에서 연결하는 사람이다.

-『위대한 나』, 매튜 캘리

브라보 마이 라이프

인생에도 리듬이 필요하다.
가끔은 긴 박자로 느긋하게 가야 할 때도 있어야 한다.
리듬 없는 삶은 고장 난 삶과 같은 것이다.

_____

_____

_____

_____

_____

_____

_____

7

엄마의
밥상

'엄마 냄새' 채정미 작사/염경아 작곡

소올솔 솔솔 우리 엄마 냄새, 소르 소르르 간잠을 불러요

사알살 살살 달콤한 냄새, 코올콜 콜콜 꿈 기차를 부르죠

소올솔 솔솔 우리 엄마 냄새, 꼬올깍 꼴깍 행복을 불러요

- 2018년 창작국악동요제 수상작 -

아이들이 자라 모두 독립한 집에는 두 부부만 있다. 그런데 어린이날

인 오늘이 설레는 것은 왜 그럴까? 매년 열리는 어린이날 창작동요제를 은근히 기다렸는지도 모른다. 퇴직 후에는 하루가 휴일 같은 일상인데 그래도 휴일인 오늘은 기분이 더 좋다. 빨간 공휴일인 오늘도 TV 앞에 앉아 창작동요제를 보며 동요를 듣고 있으니 엄마 손잡고 다녔던 어린 시절이 생각난다.

어릴 때 어린이합창단, 방송국을 엄마 손잡고 다녔다. 동요를 많이 부르며 듣고 자라서인지 어른이 되어도 동요를 참 좋아했다. 음악학원을 운영할 때는 한 달에 한두 번씩 노래 부르는 날을 정했다. 노래를 한 소절 한 소절 아이들에게 가르치며 함께 노래했다. 동요를 부르는 30분 남짓한 시간이지만 나는 타임머신을 타고 과거로 돌아가 어린이가 된 것처럼 행복했다. 국악 동요인 '엄마 냄새'를 노래하면 경쾌한 리듬에 어깨가 저절로 들썩거려졌다. 엄마 손잡고 다니던 어린 시절, 잡았던 엄마의 따뜻한 손이 그립다. 포근하고 달콤한 엄마 냄새를 맡고 싶어진다.

모두배기 떡

동짓날에 액운을 쫓기 위해 팥죽을 먹듯, 생일날에는 건강하게 자라라고 팥이 섞인 찰밥과 미역국을 먹었다. 생일이 되면 달콤하고 고소한 모두배기 떡을 엄마표 특식으로 만들어주셨다. 식구는 많고 먹을 것이 부족했던 그 시절, 오빠와 남동생은 특식인 모두배기 떡에 눈이 휘둥그레졌다. 강낭콩, 완두콩과 밤, 대추와 쫀득하게 말린 달콤한 노란 호박고지가 들어 있는 알록달록한 생일떡. 경상도에서는 모두배기 떡이라 부르지만 원래 이름은 쇠머리 떡이라고 한다. 고향이 경상도인 나는 어른이 되어서도 모두배기로 알고 있었다.

떡을 조금 떼어 입안에 쏙 넣어주며 "딸 생일이라 특별히 만든 거야."라며 엄마는 살짝 얘기했다. 오빠와 남동생에게는 맛있는 간식일 뿐이지만 나에게는 엄마 사랑이 가득 담긴 꿀 항아리였다. 모두배기 떡은 요즘 영양 찰떡이라는 세련된 이름을 달고 식사 대용으로 유행하고 있다. 요즘 떡은 모양도 이쁘고 좋은 재료도 몇 배 더 들어 있지만 어릴 적 칼로 숭덩숭덩 썰어 먹던 투박한 떡보다 뭔가 2%가 부족하다. '엄마의 사랑과 손맛이라는 MSG가 빠져서 그런 게 아닐까?'라는 생각이 든다.

아이들이 고3 때는 학교에서 야자(야간자율학습)를 마치고 밤이 늦어서야 집에 왔다. 밤늦게 돌아오는 아이를 위해서 간식에 신경 쓰지만 색다른 간식을 준비한다는 게 쉽진 않았다. 갑자기 '모두배기'가 떠올라 시장에 가서 단골 떡집에 갔다. 봄철이라 쑥털털이, 쑥절편, 하얀 가래떡, 쑥 가래떡과 흑미, 호박, 블루베리, 곶감을 넣어 만든 각양각색의 떡이 진열되어 있었다. 외출할 때 깔 맞춤하며 옷을 입듯 다양한 색과 맛의 떡을 푸짐하게 사왔다. 아이들 간식이라고 샀지만 실은 내가 좋아하는 떡이었다. 집에 오면 먹을 수 있게 모두배기 떡과 과일주스를 준비했다. 엄마인 내가 맛있게 먹었던 것처럼, 질릴 법도 한 모두배기 떡을 아들은 맛있게 먹었다.

합창단에서는 음식을 하나씩 가져가 테이블에 모두 올려놓고 즐기는 포틀럭(potluck) 파티를 가끔 했다. 퇴근 후인 저녁 시간이라 재료가 골고루 든 모두배기 떡을 적당한 크기로 잘라 개별 포장해서 가져갔다. 테이블 위에는 여러 종류 음식이 있었지만 알록달록한 포장 떡이 제일 눈에 띄었다.

엄마 손맛

영양 찰떡이라는 세련된 이름보다 모두배기 떡이라는 사투리가 나는 지금도 좋다. 손마디가 굵어 투박해진 손으로 각종 재료를 섞던 엄마의 모습이 눈에 선하다. 지금의 나는 그때 엄마보다 나이가 많이 들었지만 모두배기 떡 만드는 것을 보기만 하고 만들어본 적은 없었다. 그래서 유튜브 보고 몇 번 시도해보니 모양은 비슷한데 엄마 손맛이 나지는 않았다. 엄마가 만들어 준 숭덩숭덩 썬 따뜻하고 달콤한 모두배기 떡 한입 먹고 싶어 제비 새끼처럼 입을 아~ 하고 벌려본다. 엄마 손맛, 엄마 냄새가 그립다. 내 아이들은 엄마의 손맛을 느끼는 음식으로 어떤 음식을 떠올릴까?

브라보 마이 라이프

엄마 냄새, 따뜻하고 달콤한 엄마 손맛.
매콤달콤한 떡볶이는 어떨까?

_____

_____

_____

_____

_____

_____

_____

_____

우린 별이 되어 달이 되어
세상이 끝나도

함께할 사랑 함께할 운명
그댈 사랑합니다.

'나보다 더 사랑해요',
김호중

2장

카틀레아

-

우아하고
성숙한 인생

한잔의 물 그리고
아침 밥상

몸이 건강해야 마음도 건강하다, 마음이 건강해야 몸도 건강하다? 이 중 어느 쪽이 뿌리가 튼튼한 사람에 가까울까? 사람은 걸어 다니는 직립 보행이니 전자인 다리가 튼튼해야 하나, 아니면 로댕의 작품 '생각하는 사람'을 연상케 하는 후자일까? 그런 생각도 잠시뿐, '뭘 그렇게 고민해? 다리든 머리든 둘 다 튼튼하면 되지~' 하하하 그게 정답이다. 몸과 마음의 건강은 떼려야 뗄 수 없는 공생 관계다. 그래서 많은 사람은 건강하고 행복한 삶을 위해 몸과 마음의 건강에 정성을 다하고 집중하며 살아간다. 그래서 나도 뿌리 찾기 놀이를 시작해본다. 이른 새벽에 일어나면 제일 먼저 보약 같은 음양탕을 병아리가 모이를 먹듯 한 모금씩 마신다.

이 음양탕이라는 것을 인생 디자인 코치님을 통해서 알게 되었다. 음양탕이란? 뜨거운 것을 양(陽)이라 하고 차가운 것을 음(陰)이라 하는데, 끓인 뜨거운 물을 잔에 반 정도 따르고 나머지 반을 찬물로 채우면 음양탕 제조가 끝난다. 뜨거운 물과 차가운 물 순서로 해야 효과가 있으며 "미지근한 물과는 효과가 다르다"고 한다. 새벽 일찍 일어나 마시는 한잔의 음양탕은 위 대장 반사(Gastrocolic Reflex)를 일으켜 변비 예방과 피부에도 좋다. 같은 물이라도 정성을 다해 제조한 음양탕을 마신다면 건강에 더 큰 도움이 될 것이다. 음양탕 한잔에 밤새 몸속에서 자고 있던 많은 것들이 깨어난다.

한잔의 물

목구멍을 타고 내려간 물이 몸속을 지나며 '똑똑똑…. 일어나세요. 새날이 시작되었어요.'라며 몸 안의 장기들을 깨운다. 물 한잔의 위력을 들은 적은 있지만 느낀 적은 없었다. 물 마시는 것을 그리 좋아하지 않는 나는 약 먹는다는 생각으로 하루에 한두 잔 정도의 물만 마신다. 그런데 한 달 정도가 지나니 신기하게도 나도 모르게 자주 마시고 있었다. 그렇게 음양탕 한잔으로 몸속이 깨었다.

그런 후에는 얇은 옷을 걸친 육체의 몸도 깨우기 위해 스트레칭을 시작한다. 눈을 아래위로 굴리는 눈 스트레칭. 입속에 바람을 넣어 사방으로 빙글빙글, 앞뒤로 쑥쑥, 좌우로 삐쭉거리는 입 스트레칭. 드디어 밤새 굳어버린 뻐근하고 묵직한 몸이 삐걱거리며 일어난다. 기지개를 켜듯 한쪽 팔은 쭉 편다. 다른 쪽 팔은 펴고 있는 팔꿈치에 걸어서 좌우로 돌아가며 옆구리의 뭉쳐 있던 근육들을 죽죽 당긴다. 몇 번 하고 나니 몸이 개운해진다. 따뜻한 한잔의 물과 간단한 스트레칭으로 가뿐해진 몸으로 책상 앞에 앉는다. 이 새벽 시간이 너무 좋다. 노트북을 펼치고 생각이 떠오르는 대로, 흐르는 대로 짧은 글이나마 그냥 쭉쭉 적는다. 글이 잘 써지지 않는 날은 보고 싶은 책들을 읽는다. 내가 버틸 수 있게 지탱해주는 주변의 많은 것들에 영양을 주며 튼실하게 할 준비를 한다. 눈앞의 책꽂이에는 한때 사랑했던 곡의 악보들이 가지런히 파일에 꽂혀 있다. 얼마나 많이 연습했는지 너덜너덜해진 것도 많다. 바쁠 때는 자투리 시간을, 여유가 있을 때는 시간을 정해놓고 꾸준히 했던 그 행동들은 나를 조금씩 튼실하게 만들어가고 있었다. 잡념을 밀어내고 노트북 자판 위를 두들긴다. 왠지 오늘은 느낌 좋다. 머릿속이 밝아지며 기분이 좋아진다. 손가락이 바빠지기 시작한다. 다다다닥…. 얼마나 들어보고 싶었던 소리인가! 바깥이 조금씩 밝아지기 시작하니 거실에서 인기척 소리가 난다. 핸드폰을 열고 시간을 확인하니 7시 반. 아침 식사 준비할 시간이 되었다. 하루 세끼를 모두 제대로 챙기는 건 아니다. 그러나 아침 식사 한

끼만은 제대로 격식 갖춰 먹자는 생각을 오래전부터 했다. 노트북 전원을 끄고 일어나 의자를 밀어 넣는다.

아침 밥상

주방으로 나와 냉장고 문을 열어본다. 내용물도 없는 냉장고 안을 눈으로 쫙 스캔하고 냉동실 문도 열어본다. 김장철이 진작 끝난 겨울철인 요즘은 무가 달다. '그래 좋아, 오늘은 쌀뜨물로 끓인 소고기 뭇국으로 정했어.' 남편에게 무를 채칼에 밀어달라고 부탁한다. 한 주에 2~3번 이상 먹는 생선 한 토막. 뜨거운 물에 들어갔다 나오면 연한 초록으로 변하는 톳나물. 반찬을 준비하는 동안 압력밥솥에서는 밥이 끓기 시작한다. 부부 두 사람만 사는 집 안에 칙칙칙칙… 소리로 활기가 돈다. 간단한 밑반찬과 따뜻하고 정성 가득한 아침 밥상을 보니 뿌듯하다. 가족들이 모여 살 때도 아침 식사 시간만은 꼭! 식탁에 앉아야 한다는 규칙을 세웠다. 젊었을 때 술을 좋아하는 남편은 술 마시고 온 다음 날은 아침 식탁에 앉는 것을 힘들어했다. 그렇지만 그 약속만은 잘 지켜주었다. 그래서 그때의 의리로 지금까지 아침 밥상을 고수하며 건강을 지키고 있다. 아침 밥상이 언제까지가 될지 모르겠지만 오늘도 현재 진행형이다. 새벽 일찍 일어나 음양탕 한잔을 곁에 두고 나를 찾아가는 매력적인 글 쓰는 작업을 오랫동안 하고 싶다. 사람들은 누구나 그럴 것이다. 많은 것들에 정성과 시간을 투자하고 다듬으며 자기 삶을 걸어왔을 것이다. 나 또한 그렇다. 그러나 이제는 서두르지 않을 것이며 누구와도 비교하지 않을 것이다. 오로지 자신을 위해 나의 뿌리를 둘러싸고 있는 흙들을 사랑하며 영양분을 골고루 줄 것이다. 튼튼한 나를 지켜달라고 자신에게 아부가 아닌 부탁을 한다.

브라보 마이 라이프

나를 사랑하는 뿌리 찾기 놀이. 자신을 지탱하는 뿌리를 둘러싼
흙을 사랑하며 영양분을 골고루 주는 것이다.

_____

_____

_____

_____

_____

_____

_____

2

꿈꾸는 베짱이의 등굣길
음악회

과학의 발달로 요즈음을 백 세 시대라고는 하지만, 건강 나이는 그보다 훨씬 짧다. 그러나 여전히 해야 할 일과 하고 싶은 것이 많은 나! 그것을 위해 무엇인가를 더해야 할 것 같아 마음이 바빠지기 시작했다. '무엇을 하며 어떻게 살아야 할까?' 꿈을 찾아 여기저기 부딪히며 포기하고 좌절하기를 얼마나 했던가. 건강한 제2의 삶을 위해 여기저기 기웃거리다 우연히 만난 오카리나의 매력. 12개의 작은 구멍에서 나오는 맑고 청아한 소리가 나를 찾아가는 소리로 변하게 될 줄이야……. 시간을 투자하는 것만큼 실력이 늘어난다는 것을 알기 때문에 부지런한 개미처럼 조금씩이지만 밥 먹듯이 매일매일 연습했다. 시간이 흘러 어느 정도 실력이 붙으니 슬슬 욕심이 생기기 시작했다. 같은 취미를 가진 동지를 만나고자 SNS를 헤엄쳐 다니기 시작했다. 그곳에서 만난 한 사람, 주변의 많은 사람은 그분을 '이 박사님'이라고 불렀다. 처음 뵈었을 때 연세가 일흔 가까이 되어 보였으며 약간 굽은 등을 가진 점잖은 인상의 노신사. 젊은 시절 유명한 스케이트 선수였다는 것을 나중에야 알게 되었다. 훈장과 같은 굽은 등을 갖고 계셨지만 어른인 척하지 않는 모습이 멋져 보였다. 지금은 팬 플루트라는 악기로 교회에서 찬양 연주를 하며 아름다운 노후를 보내고 계신다. 가끔은 파트너가 되어 2중주로 연주하며 호흡을 맞추기도 했다. 몇 년 전이었던가? 평범한 일상 속에 내가 살아 있음을 확인하고 싶었다. 그래서 도전한 '등굣길 음악회.' 또한 '그 장소가 나의 아들들이 성장하며 커다란 꿈을 키웠던 학교 앞이라면 더욱 커다란 의미가 있지 않을까?'라는 생각이 들어 이 박사님께 의논드렸다. 그랬더니 "그럼요, 충분히 할 수 있어요!"라고 하시며 많은 자료와 음원 등 무한 지지를 보내주셨다. 그는 나에게 아낌없는 나무였다. 드디어 등굣길 음악회를 위한 준비의 막은 올랐다. 부모님이 주신 최고의 선물인 '성실함과 꾸준함'으로 자투리 시간을 활용해 나름의 기준으로 선곡하며 연습에 몰두했다. 직장을 다니며 연습한다는 것은 그리 만만한 일이 아니었다. '하루하루가 벅찬데 이렇게 힘든 일을 꼭 해야만 하는가?'라는 질문을 자신에게 던져보기도 했다. 한 달에 두 번의 연주. 그렇지만 믿어주시는 이 박사님과 교문 앞에서 기다리는 아이들을 생각하면 포기할 수 없었다. 혼자서 처음 진행하는 연주라 외롭고 참으로 어설펐다. 길거리나 다름없는 그곳에 보면대, 악보, 악기 가방, 블루투스 스피커 등을 나열했다. 아무도 관심 가지지도 않을 것 같은 교문 앞에서의 첫 연주. 혼자서 30~40분을 연주하기 위해서는 열 곡 이상의 곡을 준비해야 했다. 그중 힘든 것은 연주가 아니라 신기한 눈으로 바라보는 시선들이었다. 그러나 교장 선생님이 교문 앞에서 들려오는 오카리나 소리가 기분을 좋아지게 했다며 "학생들도 같은 마음이지 않을까요?"라고 하셨다. 오늘의 첫 연주를 위해 선곡에 많은 신경을 썼다. 가까운 거리에 있는 중고등학생, 출근길의 주민들까지 염두에 두었다. 그래서 우리의 정서가 가득한 가곡, 동요, 창작동요, 애니메이션 OST 등 다양한 장르의 곡들을 준비했다. 수십 번씩을 연습한 곡이지만 연주를 마친 후에는 항상 2% 정도의 아쉬움이 남았다. 교문을 지나는 아이들은 반주가 나오기 시작하면 멈추어서 듣고 아는 곡이 나오면 흥얼거리기도 했다. 처음 시작할 때 2학년이었던 여자아이는 시작할 때부터 수업 시작 종소리가 들릴 때까지 곁에 서 있었다. 어느덧 그 아이는 훌쩍 자라 5학년이 되었고, 1학년이 된 동생이랑 손잡고 등교해서도 연주하는 내 곁을 지켜주었다. 11월쯤 되면 아침 공기는 쌀쌀해 손이 시렸다. 가끔 손을 비비며 연주하고 있으면 어떤 아이는 그날 하루 자기의 손을 책임질 핫팩을 내 손에 집어주었다. 핫팩처럼 그 아이의 따뜻한 마음이 그대로 전해졌다. 나의 두 아들이 뛰어놀던 학교, 이 곳에서 만난 많은 아이를 위해 시작했던 등굣길 음악회는 나에게 또 다른 보람과 기쁨으로 다가왔다. 손자의 학교 길에 함께 오신 어르신이 눈에 띄면 그 시절의 동요, "낮에 놀다 두~고 온 나뭇잎 배는 엄마 곁에 누~워도 생각이 나요…" 윤극영의 나뭇잎 배를 연주했다. 그 어르신은 잠시 멈춰 손잡고 온 손자 나이 때의 당신을 생각하듯 가만히 나를 쳐다보았다. 함께 온 젊은 엄마들은 아는 곡들을 연주하면 무척 좋아하며, 수고한다는 한마디 말과 함께 보면대 위에 사탕, 껌, 초콜릿 등 주머니에 있는 것들을 슬쩍 놓아두고 갔다. 길거리 공연인 버스킹하는 기분 같았다. 아이들의 응원과 함께했던 '등굣길 음악회' 3~4년, 그 시간은 살아 있음을 느끼게 하였으며 아이들보다 나 자신이 훨씬 행복했던 시간이었다.

그 이후에는 바쁘다는 핑계로 계속할 수는 없었지만, 생각해보면 지금까지 살아오며 참으로 잘한 일 중의 하나에 꼽혔다. '내 속에 숨어 있었던 노래하며 연주하던 베짱이의 재능이 없었다면 과연 성실하게 일개미로만 살아갈 수 있었을까?'라는 생각에 다시 한 번 돌아보게 되었다.

[광명 도서관 우산 회원 모음집]

"누구를 만나고 헤어진다는 것은 그냥 스쳐가는 평범한 인연일 수도 있다. 그러나 이 박사님을 만나지 않았다면 등굣길 음악회에 도전할 엄두조차 내지 못했을 것이다. 누구나 가지고 있는 한 가지 이상의 장점과 재능. 그것을 마중물로 주위에 자그마한 도움이 되며 살아간다면 언젠가의 마지막 날, 하늘을 바라보고 웃을 수 있지 않을까?" (광명 도서관 우산 회원 모음집 수록)

"가장 빛나는 별은 아직 발견되지 않은 별이고
당신의 최고의 날은 아직 살지 않은 날들이다."

- 『파블로 이야기』, 토마스 바샵 -

누구나 가지고 있는 한 가지 이상의 장점과 재능.
그것을 마중물로 자그마한 도움이 되며 살아간다면 언젠가의 마지막 날,
하늘을 바라보고 웃을 수 있지 않을까?

_____

_____

_____

_____

_____

_____

_____

3

있는 그대로가 소중한
아이들

멋진 노년을 꿈꾸며 40대 중반부터 활동한 합창단원 시절. 잘하는 건 아니지만 노래를 좋아했다. 힘든 몸을 이끌고 퇴근 후 시민회관 연습실로 갔다. 지휘자님의 주선으로 시작된 소리나눔 행사 첫 번째는 교도소로 찾아가는 노래 봉사였다. TV에서 보았던 죄수복을 입고 연주를 감상하는 그들의 눈빛은 우리와 다르지 않고 평범했다. 가끔 어르신들이 계시는 요양원에 가서 소리나눔으로 악기를 연주하면 어르신들은 신이 나 몸을 덩실거렸다. 또한 한 달에 두 번씩 복지관에서 배식 봉사에 참여했다. 내 작은 힘과 재능을 나눌 수 있어 '얼마나 다행일까!' 생각했다. 결혼 전부터 사회에 밀알이 되고 싶었고 봉사에 관심이 많았다. 가슴속 깊은 곳에 숨어 있던 꿈이 꿈틀거리기 시작했다.

몇 년 전이었던가. '고등학교 특수반 학생, 악기 지도 강사 구함'이라
는 글이 오카리나 협회 강사 그룹 방에 공지되었다. 신청자가 많지 않아
서인지 선정되었다는 연락이 왔다. 인천○○고등학교 학생들과의 만남
은 그렇게 시작되었다. 특수반 선생님의 연락처를 받고는 눈을 의심했
다. '아는 분인가? 아니면 동명이인(同名異人)인가?' 생각했다. 세상은 넓
고도 좁았다. 인연이라는 단어가 딱 맞아떨어지는 상황이었다. 문화센터
에서 내 강좌에 참여했던 분이었다. 학습자에서 담임과 강사 관계로 바
뀌었다. 학생들 상황에 맞추어 커리큘럼(curriculum)을 다시 만들고 교
구도 준비했다. 학교생활 적응 기간이 지나고 4월에 수업이 시작되었다.
초등학생과 성인을 가르쳤지만, 장애우를 가르쳐본 적은 없어서 호기심
반 걱정 반이었다.

월요일 1교시 수업, 똑똑 노크하고 교실 문을 드르륵 열었다. 선생님과
아이들 눈이 모두 문 쪽으로 향했다. 나이가 들어 보이는 복학생이 한두
명 있었다. 특수반이라는 걸 느끼지 못할 정도로 또래의 아이들과 비슷
했다. 낯가림이 심해 고개를 들지 못하는 학생, 다운증후군 증상을 가진
학생이 눈에 띄었다. 시작종이 울리고 긴장되는 첫 수업이 시작되었다.

자기소개 시간, 강사가 먼저 하고 학생들은 앉아 있는 순서대로 하기로 했다. 나는 자신을 간단하게 소개했다. 아이들은 쭈뼛거리며 잘 알아들을 수도 없는 구시렁거리는 말투로 차례대로 자신을 소개했다. 본인 소개를 마친 아이들은 손가락으로 딴짓하며 선생님을 계속 흘끔거리며 보았다. "학생들이 다른 사람에게 마음을 쉽게 열지 않는다"고 담임 선생님이 귀띔해주었다. 일 년 동안 수업을 위해서는 아이들과 선생님, 우리들의 공통분모를 찾아야 했다. 아들 두 명을 가진 나, 특수반 남자 고등학생. '옳거니!' 그것 한 가지로 충분했다.

공통분모

본격적 수업을 하기 전, 먼저 내 마음을 이야기하기 시작했다. "애들아, 나도 집에 가면 너희만큼 커다란 아들이 두 명 있어."라고 서두를 꺼냈다. 손가락 장난을 치던 아이들이 조금씩 내 말에 귀를 기울이기 시작했다. "남자들 게임 좋아하잖아. 너희들도 그래?" 하고 물었다. "네!" 하며 신이 나서 대답했다. "샘 아들도 게임하고 주말이면 늦잠 자. 방도 엉망진창이라 잔소리하는데 혹시 너희들 엄마는 잔소리 안 해?"라며 물었다. 내 말에 동지를 만난 듯 입술을 씰룩거렸다. "근데 아들이 이 학교 근처에 있는 ○○대학교 다녔어."라는 말이 한 방이었다. 우~와 하는 눈빛으로 나를 쳐다보았다. 마지막 굳히기에 들어갔다. "나도 집에 가면 엄마야. 그래서 너희들도 선생님 아들이라 생각하고 싶어."라고 했다. 아이들은 말도 아니라며 피~ 하고 웃었지만 긴장하고 경계했던 눈빛은 조금씩 풀어지기 시작했다.

복학생의 턱에는 밤송이 같은 수염이 자랐다. 고등학교 특수반 교실 학생들은 초등학교 2~3학년 수준의 덩치만 커다란 어린아이였다. 한 주 한 주가 지나며 아이들은 변하기 시작했다. 나는 아이들에게 많이 가르치기보다 모두 참여에 목표를 두었다. 나중에 발표한다고 꽁무니를 빼던 아이들이 한두 명씩 손을 들기 시작했다. 수업 분위기에 생기가 돌기 시작했다.

보조 선생님은 "빠지지 않고 적극적으로 참여하는 이런 모습을 본 적이 없다"고 했다. 눈만 마주치면 손가락 하트를 날리는 다운증후군을 가진 아이에게 나도 하트를 날렸다. 쉬는 시간이 되면 어떤 아이는 가방 속 군것질거리를 꺼내 "샘도 드릴까요?"라고 묻는다. "그 맛있는 걸 나한테 준다고^^, 고마워."라고 화답하고 받아서 맛있게 먹었다. "고마워서 안아주고 싶은데."라고 얘기했더니 "성추행으로 신고할 거예요."라며 곁에 있던 아이가 장난스럽게 얘기한다. 안아주는 대신 어깨를 토닥거리며 고맙다는 말을 대신했다. 아이는 생각보다 훨씬 좋아했다. 아이들에게 필요한 것은 관심과 칭찬이었다. 그리고 엄마의 손길과 따뜻한 마음이었다. 그날 이후, 일어나서 발표한 아이에게 잘하고 멋지다고 엄지 척을 날렸다. 곁에 다가가 어깨에 손바닥을 얹어 토닥거리며 칭찬했다. "민수야, 너무 잘했어. 네가 못 한다 해도 너는 할 수 있을 줄 알았어, 역시."라며 너스레를 떨었다.

"칭찬보다 더 강력한 경쟁력은 없다!"

- 『칭찬은 고래도 춤추게 한다』, 켄 블랜차드 -

오늘은 아이들 어떤 모습을 볼 수 있을지 월요일 첫 수업이 기다려졌다. 장애가 심해 악기를 불 수는 없지만, 리듬감이 뛰어난 아이, 목소리가 매력적인 바리톤 음색을 가진 아이도 있었다. 아이들은 오카리나와 리듬악기, 노래로 수업 시간을 즐겼다. 아이들과 함께했던 그 시간은 나에게 소중한 경험이었다. 장애우들을 가르치며 그들에게도 숨어 있는 재능이 있고, 하고 싶은 꿈이 있다는 것을 알게 되었다. 특수 교육을 공부해 그들의 재능을 찾아주고 훨훨 날게 하고 싶었다. 그들도 누군가에게 밀알이 되며 살 수 있는 날을 기대해본다. "고슴도치도 제 새끼는 함함하다"는 속담처럼 부모에게 자녀는 있는 그대로만으로도 소중하다.

[눈만 마주치면 하트 ♥♡ 날리는 모습]

입으로 불어 소리 내는 오카리나 수업은 코로나19로 중단되었고 가르
쳤던 아이들은 졸업해서 사회인이 되었다. 호기심과 걱정으로 시작했던
장애우들과의 만남, 그들에게 가르쳐준 오카리나 몇 곡보다 그 아이들이
나를 더 많이 변하게 했다. 누구나 가지고 있는 한 가지 이상의 그들만의
장점, 그것이 눈에 들어오는 순간 나는 행복했고 직업 만족도는 높아졌
다. 고등학교 특수반 아이들, 그 친구들은 나에게 너무나 커다란 선물이
었다. 아이들은 누구나 자기의 빛깔을 가지고 있다고 믿는다.

브라보 마이 라이프

아이들은 누구나 자기의 빛깔을 가지고 있다.
가르친 것보다 훨씬 많이 나를 변하게 한다.
아이들은 나에게 커다란 선물이다.

4

어느
봄날

 쨍한 햇볕과 창밖 나뭇가지가 흔들리는 4월 어느 날. 밖으로 뛰쳐나가고 싶어 미칠 것 같았지만 몸이 선뜻 움직이지 않는다. 이렇게 좋은 날씨에 약속이 없으면 무료함 달래기로 밀린 빨래하기와 집 정리하기에 안성맞춤이라 옷장 문을 열었다. 그 순간 '딩동' 하고 들려오는 소리. 시도 때도 없이 날아오는 안전 문자려니 하고 무심하게 휴대전화기를 보니 30년 지기 친구다. '우리 나물 뜯으러 갈까?'라는 문자였다. 친구는 봄이 되면 엄나무 순, 뽕나무 열매인 오디 등 나물 캐러 즐겨 다녔다. 시골에서 자란 친구와 달리 나는 나물 이름도 모를 뿐 먹을 수 있는 것과 못 먹는 것도 구별하지 못했다. 나물 캐는 것에 관심은 없었지만 심심하던 차에 '잘되었구나.'라며 호미는 가방에 넣고 일바지를 입고 나들이 삼아 따라나섰다.

IC 근처

운전석에 앉은 친구는 "조금만 더 가면 돼."를 연발하며 나물 캐러 가는 길을 알려주었다. 목적지는 출퇴근하며 지나다녔던 광명IC 근처였고 집에서 얼마 걸리지 않는 가까운 거리에 있었다. 출퇴근 때뿐 아니라 일을 보러 다니던, 맛집을 찾아가려면 오늘의 목적지 앞을 지나야 할 정도로 자주 지났던 곳이다. 고향에서 살았던 시간보다 더 많은 30년 이상을 광명에서 살았는데 '그곳을 모를 리가.'라고 생각했다. 옆에 앉은 친구가 "저 골목이야, 천천히."라며 손으로 가리켰다. 차 한 대 겨우 지나갈 만큼 좁은 도로를 거쳐 나물 있는 곳에 도착했다. 자동차를 주차하고 준비해 간 호미와 커다란 비닐봉지를 들고 일행 뒤를 따라갔다. '아니, 집 가까운 곳에 이런 데가 있다니!' 바닥에는 각종 나물이 물을 쏟아부은 듯 널려 있는 것을 보고 내 눈이 휘둥그레졌다. 집 근처에 이런 곳이 있는 줄은 상상도 하지 못했다. 주변을 보니 여기저기 비닐하우스가 있고 작업복 입은 아저씨, 아주머니들이 바쁘게 움직이고 있었다.

군락지

나무 덩굴을 헤치고 안쪽으로 가니 나지막한 언덕이 보였다. 척 보고 알아맞히는 유일한 이름 쑥. 키 작은 어린 쑥들이 여기저기 고개를 내밀고 있었다. 쌀뜨물에 멸치를 우려내고 된장을 조금 푼 국물에 여린 쑥을 한 움큼 넣어 후루룩 끓인 쑥국. 짙은 국물에서 올라오는 쑥 향기가 너무 좋아 몇 번이나 끓여 먹었기에 널려 있는 쑥이 얼마나 반가운지 몰랐다. 어리고 연한 놈만 골라 한 번 먹을 정도만 쑥을 캐어 비닐봉지에 담았다.

[나물 캐는 아낙]

일편단심 민들레

평지나 다름없는 언덕에는 노랗고 하얀색 꽃을 피우는 민들레도 있었다. 가녀린 줄기에 정갈한 모양의 꽃. 낮은 둑길에 쫙 널려 있는 노란 민들레꽃은 공장에서 찍은 듯 크기만 다른 정갈한 같은 모양을 하고 있었다. 꽃을 보는 순간 조용필의 '일편단심 민들레' 노래가 생각났다. 토종 민들레는 토종 꽃가루만 받아들이고, 서양 꽃가루는 받아들이지 않는다. 북한으로 끌려간 남편을 회상하며 쓴 어느 할머니 글을 다듬어 만든 곡을 가수가 불렀다. 남편이 오기를 일편단심으로 기다리는 노랫말에는 절절하고 아픈 사랑이 담겨 있었다. 가수 조용필은 피를 토하듯 혼을 다하고 애끊는 마음으로 노래했다. 추운 겨울을 견디며 "내 사랑, 그대에게 드린다."라는 꽃말을 가진 민들레를 보며 살아남은 생명력에서 삶의 의미를 찾아본다.

곁에 눈에 익은 잡초 같은 게 보여 물었더니 그게 씀바귀, 친구가 손가락으로 알려주는 곳에 호미질하니 알뿌리를 가진 씀바귀가 부드러운 흙 속에서 몇 뿌리씩 나왔다. 동그랗고 통통한 알 옆에는 솜털 같은 잔뿌리가 많이 있었다. 나물 캐러 온 일행은 선크림을 짙게 바르고 챙 넓은 모자를 푹 쓰고 잡초들 사이를 2~3시간 헤매고 다녔다. 나물 캐기는 생각보다 힘들었지만 오랜만에 쬐는 햇볕이라 비타민D 공급으로 만족하며 바지에 풀물이 들 정도로 기어다녔다.

조금씩 채워지는 비닐봉지를 보니 신기하고 뿌듯했다. 민들레, 씀바귀 캐기 위해 칼과 호미로 헤친 바닥을 보니 괜히 미안한 생각이 들었다. 친구는 전문가 수준이라 얼마나 많이 캤는지 봉지가 넘칠 정도였다. 일행 중 한 사람은 "너무 많아 어디부터 캐야 할지 몰라 짜증이 난다."라고 할 정도로 지천으로 깔려 있었다. 나는 나물 캐기를 그만하고 덩굴이 감겨 있는 자그마한 나무 그늘에 앉아 파란 하늘을 바라보았다.

[씀바귀]   [쑥]

꽃에 대해 아는 게 별로 없어서인지 민들레 노란 꽃 정도만 알았다. 봉지에 담긴 자그마한 알뿌리를 가진 씀바귀가 신기해서 보고 또 보았다. 큰 봉지 가득 수확물을 들고 집으로 돌아왔건만 나물 캐는 아낙들 잔치가 끝난 게 아니었다. 다듬고 손질하여 쓴맛을 빼기 위해 옅은 소금물에 담가두는 것까지가 나물 캐기 오늘 일과 끝.

쓴맛 우린 씀바귀는 쌉쌀한 씀바귀 김치로, 따온 민들레 잎은 깨끗이 씻어 양념으로 겉절이 했다. 쓴 게 약이라는 말이 있는데 씀바귀를 씹어보면 어린 것에도 쓴맛이 있다. 고혈압, 당뇨에 좋다니 일거양득인 것이 틀림없다.

오늘 나들이는 봄기운 가득 머금은 주인공 봄나물뿐 아니라 면역력 증진에 도움을 주는 햇빛 비타민D도 푸짐하게 담아왔다. 잊고 지냈던 일상 속 자연에서 모자 푹 눌러쓰고 흙을 밟고 햇빛 아래에서 땀 흘리며 수확한 나물은 보약이나 다름없었다. 그 이후에도 몇 번 돌미나리, 고추, 방울토마토 등을 따러 다녔다. 친구와 함께 풀밭에 쪼그리고 앉아 같이 햇볕 쬐고 깔깔거리며 이야기하는 또 하나의 추억이 생겼다. 사람들이 말하는 소소한 행복 '소확행'이었다. 봄 향기를 품은 쑥국과 민들레로 정갈하게 차려진 아침 식탁. 처음 해본 씀바귀 김치 맛이 은근히 기대되며 남편 반응이 어떨지도 궁금하다. 이번 봄은 평범하지만 신선했고 행복한 봄날이었다.

브라보 마이 라이프

친구와 함께 풀밭에 쪼그리고 앉아 햇볕 쬐고 깔깔거리며
이야기하는 행복 '소확행',
평범하지만 신선한 손끝의 행복이다.

5

지나고 나니
맑음

인생 항로의 중간 지점을 지났으며 지금도 여정의 끝을 향해 가고 있
는 자신의 삶, 몇 년 전 자서전 강의 중 각자의 살아온 인생을 그래프로
그리는 기회가 있었다. 당시의 자기 삶을 100이라 가정하고 주관적이지
만 지나온 시절들을 점수로 환산해 꺾은 선그래프로 그리는 방식이었다.
나의 그래프는 커다란 한 번의 절벽은 있었지만 거의 오르막 내리막이
있는 상향 곡선이라 그런 대로 모양이 괜찮았다. 참여자 중 몇 분은 본인
의 그래프에 대한 설명을 간단하게 설명했다. 크고 작은 사건 사고를 이
야기할 때 발표자는 동기들에게 민망한지 어색한 표정을 지었지만, 얼
굴은 편안해 보였다. 소소한 고생담과 사업이 쫄딱 망한 일, 죽을 뻔했던

일 등 커다란 사건들을 아무렇지도 않게 이야기할 수 있는 그들이 대단해 보였다.

인생 그래프

내가 그린 인생 그래프. 낭떠러지로 뚝 떨어졌던 그 당시가 두 아들의 중고등학교 시절이었던 중년의 문턱이었다. 칠흑같이 어두운 밤, 차가운 깊은 물속에서 살기 위해 발버둥치던 때였다. '원하는 삶은 이게 아니야'를 외치며 울부짖었다. 세상을 원망하고 자신을 미워하며 퇴근 후의 술자리 횟수는 잦아졌다. 취한 몸으로 친정엄마를 부르며 울며 잠이 든 적도 있었다. 그런다고 세상일이 내 뜻과 같이 돌아가는 것은 아니지 않은가. 몇 년을 그렇게 방황하며 어둠을 헤매고 다녔다. 엄마의 그런 모습을 두 아들이 바라보고 있다는 사실을 미처 생각하지 못했다. 정신이 번쩍 들어 마음을 추스르기 시작했다. 어둡고 차가운 바닷속에서 허우적거리며 살기 위해 손에 걸리는 대로 잡았다. 그중 제일 먼저 잡은 것이 배움이었다.

어릴 적 합창단 때의 행복했던 기억이 떠올랐다. ○○대학 평생교육 프로그램 '성악 교실'이 눈에 꽂혔다. 수강료가 비싸 망설이고 있는데 아들이 마우스를 잡은 엄마의 손가락을 클릭했다. 순식간에 등록이 되었으며 그것은 배움의 시발점이 되었다. 아들 덕분에 돌파구로 시작한 배움의 길. 노래를 불러본 지가 20년이 지났을 때라 소리는 앞으로 나가지 않고 발끝에 똑 하고 떨어졌다. 수업 날을 기다리며 설레는 마음으로 한 주일을 버텼다. 그렇게 시작된 배움의 길, 이것저것 번갈아 가며 십수 년을 쉬지 않고 배웠다.

강행군

꼬리에 꼬리를 물듯 새롭게 시작한 피아노 반주법. 9시 첫 수업을 듣기 위해 매주 수요일 아침 7시 반에 집을 나섰다. 9시~9시 30분까지 일대일 30분 레슨. 30분을 배우기 위해 8년 동안 비슷한 시간에 1호선 지하철을 탔다. 8년이라는 시간은 반복된 일상이었지만 하루처럼 느껴진 것은 내가 채워지고 있다는 포만감 때문이다. 그 시간은 단순한 배움이 아니라 나에 대한 도전이었고 투덜거리는 남편에 대한 반항이었다. 주말에는 공연 관람, 교육, 세미나 등 프로그램을 찾아다녔다. 서서히 마음잡고 미친 듯이 살아가는 엄마를 보며 중3, 고3이었던 아이들은 도리어 좋아했었다. 엄마가 바쁘니 시간이 없어서 잔소리 안 하니 좋다고…. 이러한 강행군이 자기 관리라고 생각했지만, 몸에는 무리한 요구였고 혹사에 가까웠다. 또한 집안일이며 바깥일을 해야 하고 신경 쓸 일들이 얼마나 많은가? 그렇다고 다이어트를 하는 것도 아닌데 체중이 계속 줄고 어지러워 쓰러졌다. 동네 의원에서 검사하니 의사 선생님이 "과로, 만성피로, 스트레스로 건강에 이상이 생겼다"고 한다. 적어주신 소견서를 들고 큰 병원에 가 검사하고 결과를 기다렸다. 몸이 뜨거워 머리카락이 쑥쑥 빠지고, 수전증에 걸린 듯 손발이 떨렸다. 심장이 두근거리고 심하게 뛰었다. 천둥이라도 치는 날은 소리에 놀라 식탁 밑에 웅크리고 앉아 있었다. 이런 현상은 급성 갑상선 기능 항진증 증상 중 일부라고 했다.

내려놓기

뒤통수를 맞은 것처럼 화가 났다. 돌아오는 길 내내 마음을 추슬렀다. 조금씩 이성을 찾으며 지난 시간을 돌아보게 되었다. 인생 곡선의 절벽에서 떨어졌지만 포기하지 않았다. 발버둥치듯 배우며 자기 계발을 하였기 때문에 조금씩, 아주 조금씩 나의 인생 그래프는 상승 곡선이 되었다. 갑상선 항진증이라는 슬픈 훈장은 받았지만, 한없이 무거웠던 자신을 내려놓는 법을 알게 되었다. 마음을 내려놓으며 약을 먹고 치료를 병행하니 놀랄 정도로 건강은 많이 좋아졌다. 10년이 지난 지금은 약을 끊었지만, 마음이 어떻게 움직이는가에 따라 지겨웠던 약을 다시 먹어야 할지도 모른다. 10대 아이들에게 질풍노도의 시기인 사춘기가 있듯 4, 50대 중년의 삶에도 그럴 때가 있다. 많은 사람이 중년을 거치며 색깔은 다르지만 길고 긴 그곳을 벗어나기 위해 얼마나 발버둥치는가. 그러면서 스스로 성장하고 탄탄해질 것이다.

이렇게 지나온 중년의 삶. 힘들어서 잃고 포기한 것도 많았지만 그로 인해서 얻은 것도 많았다. 이제는 훌쩍 자라 독립한 든든한 두 아이와 가족이 서로에게 버팀목이 되는 지금의 삶. 누구에게도 간섭받지 않으며 오롯이 자기 삶에만 집중하며 살아갈 수 있는 지금이 너무 좋다. 경주마처럼 앞만 보고 달려오다 놓친 많은 것들, 하나하나 찾아 자신을 채울 수 있는 이 시간이 소중하다. 더 이상 바쁘게 치열하게 살고 싶지 않다. 생각이 흐르는 대로 마음이 끌리는 대로 살 수만 있다면 그렇게 살아갈 것이다. 희망을 품어본다.

브라보 마이 라이프

굽이굽이 그린 인생 그래프, 내일이 되면 어제와 다른 새로운 길이 생긴다.
오롯이 자기 삶에만 집중하며 살아갈 수 있다.

_____

_____

_____

_____

_____

_____

_____

6

이제는 나도 다시
여자이고 싶다

내가 훗날 어른이 되더라도 열여섯, 열일곱처럼 살겠습니다.

내가 성숙한 여자가 되더라도 한때 내가 눈부시게

투명한 소녀였다는 것을 잊지 않고 살겠습니다.

- 『소녀처럼』, 김하인 -

나도 그런 줄 알았다. 4남매 중 외동딸은 예쁘면 예쁜 대로, 모과처럼 못생겨도 가족들이 이뻐한다. 나도 그랬다. 숱도 적고 솜털처럼 가는 머리칼을 가졌고 머리 색깔도 다른 사람과 달랐다. 노란빛이 도는 옅은 갈색이라 별명이 '노란 머리'였다. 몇 가닥 되지도 않는 머리카락을 엄마는 정성껏 묶어주었다. 오빠보다 옷도 조금 더 신경 써주셨다. 사춘기를 지나 20대가 지나고 어른이 되어도 귀하고 곱게 공주처럼 사는 줄 알았다.

왜냐하면 어릴 적 또래 친구들이 고무신 신을 때 나는 운동화를 신었다. 친구들이 운동화 신을 때 엄마는 나에게 반짝이는 단화 구두를 신겼다. 머리에는 예쁜 리본을 달고 합창 단복 세라복을 입고 무대에서 노래했다. 나는 청중들 좌석보다 높은 무대 위에서 조명을 받으며 단원들과 함께 있었다. 엄마의 교육열로 나는 그렇게 자랐지만 언제까지 그럴 수는 없었다. 중학생이 되며 사춘기로 방황하며 공부와 모든 것에 흥미를 잃었다. 공주의 늪에서 빠져나와 평범하게 자랐다.

좋은 사람과 좋아하는 사람은 모두 사랑하는 사람인 줄 알았다. 대학생이 되면 모두 애인이 있고 그들은 사랑하는 연인인 줄 알았다. 미팅에서 만난 남자와 연애도 했다. 그때만 하더라도 내 콧대는 머리 위에 걸려 있었다. 마음속 공주가 환생했는지 남학생을 애타게 했다. 내가 퇴짜를 맞을 때도 있었지만 나는 오히려 상대를 탓했다. 세상에서 내가 제일 잘난 줄 알고 살았다. 도도함의 끝판왕이었다.

사라진 내 이름

결혼하며 누구의 아내가 되고 엄마가 되었다. 시댁에 아이를 데리고 가면 'ㅇㅇ에미'로 불렸고 동네에서는 'ㅇㅇ엄마'로 통했다. 내 이름이 스르륵 사라졌다. 그러나 결혼 후에도 가끔 '해영아!'라는 이름을 불러주는 남편이 있었다. 술이 머리꼭지까지 오른 남편은 집 근처에 오면 "해영아, 해영아~"라고 큰 소리로 불렀다. 근데 그게 화근(禍根)이었다. "아이 보는 데는 찬물도 못 먹는다."라는 속담같이 어린 아들 두 녀석이 따라 하는 것이었다. 어린 아들 녀석이 번갈아가며 "해영아~~"라고 아빠처럼 엄마 이름을 불렀다.

아줌마라는 이름

결혼하며 자연스럽게 아줌마로 불리었다. 장난꾸러기 두 아들을 키우는 나는 씩씩한 대한민국 아줌마로 변했다. 아줌마는 여자도 남자도 아닌 중성적인 뉘앙스가 짙게 배어 있다. 우리 생활에서 억척스럽다는 부정적인 이미지도 있지만 생활력이 강하다는 느낌도 든다. 마음만 먹으면 무엇이든지 할 수 있는 아줌마. 나는 아줌마가 되었다. 지구를 지키는 독수리 오형제처럼, 성실하고 부지런하게 아이들과 가족을 지켰다.

아줌마+엄마

올망졸망한 아이 둘을 데리고 친정에 가기 위해 서울역에 갔다. 출발 시간보다 일찍 도착한 우리는 역사 안 매점에서 간식을 골랐다. 잠깐 사이에 곁에 있던 작은아이가 보이지 않았다. 엄마 레이더망에서 아이가 사라졌다. 큰아이가 유치원생이었으니 작은아이 나이가 4살 정도였다. 큰아이를 매점에 맡기고 매점이 있던 층을 고함지르며 아이 이름 부르며 찾아다녔다. 방송실을 찾아갔다. "아이를 찾습니다."라는 방송이 흘러나왔다. 아이를 봤다는 연락이 없다. 울며불며 역사 안을 헤매고 다녔다. 순간 방송에서 "○○에 아이를 데리고 있다"는 방송이 흘러나왔다. 정신이 번쩍 들었다. 아래층 계단 앞에서 작은아이가 손에 츄파○○을 들고 해맑게 웃고 있었다. 에스컬레이터가 얼마나 느린지 마음이 급해 뛰어서 아래층으로 내려가 아이를 끌어안았다. 안내하는 분이 "아이가 울고 있어서 사탕 주며 달래고 있었다"고 했다. "빨리 와서 다행입니다."라며 아이 손을 내 손에 잡혀주었다. 아찔한 사고를 한바탕 겪고 아슬아슬하게 열차를 탔다. 일이십 분의 짧은 시간이 얼마나 길게 느껴졌는지 모른다. 엄마가 아니었다면 그렇게 미친 듯이 울며불며 역사가 떠나갈 듯 큰소리도 아이 이름을 부를 수 있었을까? 그렇다! 엄마였고 아줌마였기 때문에 가능했다.

마누라

술과 친구를 좋아했던 남편. 젊을 때는 밤 12시가 되기 전에 들어온 적이 별로 없다. 지하철에서 잠들어 종점까지 가기도 했다. 술에 취해 지갑도 버리고, 들고 나간 가방도 잃어버리고 왔다. 자정이 지나 올 시간이 지났는데도 연락이 없으면 걱정이 된다. '따르릉~' 전화가 왔다. 혹시 무슨 사고가 생겼으면 어쩌나 하고 조심스럽게 수화기를 들었다. 혀가 꼬여 어쩌고저쩌고하는 걸 보니 일단 사고가 난 건 아니니 다행이었다. 택시를 타고 가는데 지갑을 잃었으니 차비를 갖고 나오란다. 사람 좋아하는 남편이 술 마시고 지갑까지 잃고 오니 화가 치밀었으나 어쩌겠는가. 남편의 술(酒) 사랑은 오랫동안 나를 괴롭혔다. 차비를 지불하고 술 취해 늘어져 있는 남편을 차에서 끌어내렸다. 듬직한 체격을 가져서 좋아했던 남편, 그날따라 왜 이리 무거운지 내 어깨에 걸쳐진 남편의 무게는 삶의 무게보다 무겁게 느껴졌다.

"정신 차리고 똑바로 걸어."라며 집에 도착할 때까지 잔소리했다. 욕도 하지 못하는 나에게 남편은 "거칠고 나쁜 아줌마."라고 고함을 질렀다. "방귀 뀐 놈이 성낸다"라는 속담처럼 호기롭던 남편은 나이가 들어갈수록 친구와 술을 접하는 횟수가 줄어들었다. "세월 앞에 장사 없다"는 속담처럼 세월이 약이었다.

원래 내 모습

엄마 손만 기다리던 아이들은 성인이 되어 엄마 날개를 벗어났다. 중년이 반쯤 지날 때부터 자신을 찾기 위해 노력했다. 나는 인생의 반 이상을 학원 운영하며 선생님으로 지냈다. 내가 만난 아이들이 나를 어떤 선생님으로 기억할지는 모른다. 나는 최선을 다해 아이들을 가르쳤고 사랑했다. 생업이 아닌 스스로를 위한 음악 활동을 했다. 딱딱하게 굳어 있던 내 속의 감성은 말랑거리기 시작했다. 아줌마가 되면서 잊고 지낸 예전의 감성적이고 여리여리했던 나. 그런 자신을 끌고 치열하게 살았고 외롭게 버렸다. 그러나 이젠 원래의 나로 되돌아갈 것이다.

바닷물에는 보통 3%의 정도의 염분이 있는데 97%의 물을 증발시켜야 3이라는 소금을 만든다고 한다. 소금은 아주 적은 양이지만 우리에게 없어서는 안 되는 존재이다.

3%의 자그마한 내 힘이 누군가에게 꼭! 필요한 소금 같은 사람이 되고 싶다.

브라보 마이 라이프

아내가 되고 엄마가 되며 내 이름은 사라졌다.
아줌마는 강하고 엄마는 위대했다.
그러나 이젠 이름을 찾아 원래의 나로 되돌아가야 한다.

_____

_____

_____

_____

_____

_____

_____

_____

7

꿈을 다시 펼칠 시간,
바로 지금!

40대 중반부터 멋진 60대를 꿈꾸었다. 그러나 구체적 그림 준비도, 뚜렷한 목표도 없는 희망 사항만 있었다. 집 근처에 서울 50+ 남부 캠퍼스가 개관된다는 것을 알았다. 허남철 교수님의 '50+를 위한 인생 이모작 경력 특강'을 신청했다.

강의를 듣는 내내 고개를 끄떡였다. 순간 머릿속에 뭔가 번쩍하며 번개가 스치는 듯했다. '내가 할 수 있는 게 무엇일까?'라는 생각이 꼬리를 물기 시작했다. 막연히 꿈만 꾸며 투덜거렸던 나는 정신이 들었다.

한쪽 구석으로 밀쳐두었던 '제2의 삶'이라는 꿈을 내 앞에 다시 끌어다

놓았다. 시작하는 마음으로 '명품 강의 비법' 프로그램에 수강 신청했고 첫날 자기소개 시간이 되었다. 'ㅇㅇ에 사는 ㅇㅇㅇ입니다'라는 형식이 아닌

1. 지금까지 본인은 어떤 일을 하였으며
2. 자신의 콘텐츠가 무엇이며
3. 강의를 마친 후 '5년 후 자신을 소개'하라고 강사님이 제시했다.

현직 강사들이 대부분이라 본인 소개도 깔끔하게 발표했다. 나는 별나라에서 온 듯 어리둥절했다. 이러한 형식의 자기소개를 해 본 적 없기 때문이다.

차례가 되어 앞으로 나갔으나 나에게는 어떤 강의 콘텐츠라는 '어떤'이 없었다. 미리 적어둔 컨닝 페이퍼를 보며 부모교육의 필요성을 이야기하며 '부모교육' 강사가 되고 싶다고 소개했다. 무슨 배짱으로 그랬는지 모르겠지만 엉겁결에 뱉은 그 말은 또 다른 나를 만드는 터닝 포인트가 되었다.

명강사 클럽

강좌가 끝나고 '명강사 클럽'이란 이름으로 커뮤니티 활동이 시작되었다. 회원들은 순서대로 40분 분량 시연 강의했다. 두 아들의 엄마, 초등학생 아이들 가르친 경험만으로 내가 시연 강의해야 한다는 게 엄두도 나지 않았다.

회원들 시연 강의가 두 바퀴가 돌 때까지 청강만 했다. 곁에 계시는 분이 "강사님은 20분만 발표하세요."라고 슬쩍 얘기했다. 버티기도 죄송해 단 10분이라도 발표하기로 마음먹고 노트북에 파워포인트 프로그램을 깔고 작업에 들어갔다.

PPT 문맹이나 다름없는 실력으로 강의록을 만들기 시작했다. 20분짜리 강의 장표를 만들기 위해 두 달 이상의 시간이 걸렸다. 선생님들께 묻고 물어 한 장씩 만들어 머리에 쥐가 나는 듯했다. 그렇게 시간과 노력을 쏟아 표를 만들고 영상을 넣었다. 혼자서 리허설하고 시연 강의를 시작했다. 강의 사이에는 스토리에 맞는 곡을 오카리나로 연주하며 강의를 마무리지었다.

강사님들의 간단한 피드백과 '강의 스킬은 부족하지만 흐름이나 구성은 신선하다'는 칭찬이었다. 칭찬은 귀에 들어오지 않고 신세계 경험한 것처럼 '해냈다'는 가슴 짜릿한 희열감을 느꼈다. 다양한 분야의 강사님과 만나며 강사의 매력에 끌리기 시작했다.

체계적으로 교육받고 몇 번 깨지면 '나도 할 수 있을 것 같다'라는 생각
이 들었다. 이게 자만인지 자신감인지는 모르겠지만 강사가 되면 퇴직
후의 삶에서 뭔가 할 수 있는 일이 있을 것 같았다. 뻔뻔해질 정도로 박
살이 나게 혼나며 제대로 배우고 싶어 명강사를 추천받았다.

명품 강사 과정

- 하루에 8시간 강의(오전 10시~저녁 6시).
- 강의 횟수는 달랑 3회.
- 정원은 5명. 충무로 강의실
- 강사는 신동국 대표님(대한민국 명강사대회 1등) 직강

토요일 오전, 충무로의 강의실로 단단한 마음으로 나섰다. 정원이 5명
이었는데 이번 기수는 7명. 콘텐츠가 '이순신 장군'인 퇴직 천안함 함장,
얼굴 성형을 기술자로 표현하는 곱게 생긴 젊은 사업가, 회계사와 강사
겸 현직 작가인 쌍둥이 형제, 국회 여직원 등 다양한 조직에 합류했다.

하루 8시간의 강의, 긴장감 도는 오전 강의가 끝나고 식사 후의 오후 강의는 체력과 집중력이 필요했다. 체력은 서서히 바닥을 드러내고 집중력은 떨어졌다. 눈이 아물거리며 칠판의 글씨가 눈에 들어오지 않았다.

이렇게 열정적인 분들을 어디서 만날 수 있을까? 스스로 위안하며 발표와 피드백, 수정을 반복하며 일정을 소화했다. 2020년 첫해에는 '3번 기부 강의하기'를 목표로 열정을 불태웠다.

[필이 꽂히게 전달하라]

[열강 중인 신동국 대표님]

명품 강사 과정을 공부한 때가 2020년 1월 둘째 주, 코로나19로 온 나라가 혼란스러워지기 바로 직전. 제2의 인생을 위해 마지막 열정을 태우고 있는 도중에 코로나19에 발목이 잡혔다. 앞으로도 뒤로도 움직일 수 없었다. 마지막 도전이라고 생각하며 불태웠던 2020년의 새해 첫 달의 스파르타식 수업, 3회 강의는 마쳤지만 3번 기부 강의 목표는 불발로 끝났다. 모든 걸 잃은 사람처럼 멍 때리며 집콕에서 마음 콕으로……

궁즉통(窮則通)

마음을 추스르고 집 근처 도서관에서 수십 권의 부모교육 책을 빌려보았다. 스스로를 다독거려 보지만 현재 상황에 화가 났다. 두세 달을 그렇게 우울증 비슷한 증상을 겪다 정신을 차렸다. 이렇게 포기할 수는 없어읽은 책 중 중요한 부분을 노트북에 하나씩 메모했다. "모로 가도 서울만 가면 된다."라는 속담같이 '내 이름이 적힌 책을 출간해보면 어떨까?'라는 생각이 들었다. 글쓰기 책을 빌려보기 시작했다. 2021년 중으로 부모교육과 관련된 책을 출간하면 '언젠가 강의할 기회가 있지 않을까?' 궁즉통(窮則通) 궁하면 통한다.

새벽에 일어나 생각과 마음을 글로 표현하기 시작했다. 도서관을 들락거리며 새로운 나를 찾기 시작했다. 글을 쓰고 있는 이 시간은 틀림없이 뜀틀의 발판 역할을 할 것이다. 서두르지 않고 조금씩 마지막 점을 찍으며 웃을 수 있게 채워나갈 것이다.

언제가 될지는 모르겠지만 '염해영' 이름이 박힌 책을 출간할 것이다. 이것을 바탕으로 겪으며 쌓아왔던 많은 것이 거름이 되어 부모교육과 소통 강사 활동하는 나를 만날 것이다. 엉겁결에 부모교육 강사가 되고 싶다는 꿈을 말했다. 평소에도 "뱉은 말은 책임져야 한다."라고 생각했고 나는 세상을 향해 말을 뱉었다. 몇 년이 지나고 코로나19로 세상의 모든 것은 멈추었지만, 그것이 전화위복(轉禍爲福)이 되었다. 2년 이상 멈춘 기간 동안 자신을 돌아보며 도서관을 들락거렸다. 작가라는 새로운 꿈을 꾸게 되었다. 코로나19 '때문이 아닌 덕분'에 언젠가 나의 꿈은 이루어질 것이다. 꿈이 또 다른 꿈을 낳듯 부모교육 강사가 되고 싶었던 꿈은 작가의 꿈으로 살짝 방향 전환했다. 지금은 글을 쓰는 작가가 꿈이지만 이것이 마지막 꿈이 아닐지도 모른다. 내 안에는 무엇이 더 남아 있는지 나도 잘 모르기 때문이다. 내일도 새로운 해가 뜰 것이다.

브라보 마이 라이프

궁즉통(窮則通), 궁하면 통한다.
새로운 나를 찾는 이 시간은 틀림없이 뜀틀의 발판 역할을 할 것이다.

_____

_____

_____

_____

_____

_____

_____

_____

사랑의 기쁨은 어느덧 사라지고
사랑의 슬픔만 영원히 남았네
눈물로 보낸 나의 사랑 Sylvie여

(중략)

오늘에 와서 꿈결같이 사라져
사랑의 기쁨은 어느덧 사라지고
사랑의 슬픔만 영원히 남지요.

'사랑의 기쁨(Plaisir D'Amour)',
장 폴 마르티니

3장

코스모스

-

순결하고
고결한 기억

가던 길을 잠시 멈춘
그 자리

휴대전화기에서 맥클린의 빈센트 곡이 흘러나온다. 빈센트 반 고흐….
여고 시절 앞자리에 앉았던 친구 '하나'가 생각난다. 그림을 좋아했던
그는 지금도 여전히 미술 평론과 작품 활동을 하고 있다. 폐교의 교실
을 몇몇 작가들과 함께 사용하고 있다는 커다란 작업실. 그곳에서는 매
년 10월이 되면 의령 예술제가 열린다고 하니 호기심이 발동했다. 땅이
얼고 눈이 오면 교통이 불편하다는 작업실 가는 길. 퇴직한 지 얼마 지나
지 않은 11월 어느 날, 초대를 받고 달력을 뒤적였다. 날씨가 금방 추워질
것 같아 마음이 바빠지기 시작했다. 날짜와 장소만 약속했을 뿐 시간을
정한 것은 아니지만 서둘러 집을 나섰다.

퇴직 후, 오롯이 나 혼자만을 위한 첫 여행, 그것도 단짝이었던 하나를 만나러 가는 길. 한적한 시골을 상상하며 여유로운 마음으로 운전대를 잡았다. '인생살이 별것 있나?'라며 호기를 부렸다. 집 나서면 개고생이라지만 아직은 너무 좋다. 잡는 사람도 없었건만 이제야 '나는 자유인이다!'를 외쳐보았다. 힘들만 하면 나타나는 휴게소. 그곳의 다양한 메뉴만큼이나 살아오며 겪은 수많은 크고 작은 사건들이 스쳐 지나갔다. 달콤한 아이스크림을 손에 들고 차 안으로 들어왔다.

조금 가다 보니 '진주 방향' 팻말이 보였다. '드디어 거의 다 왔구나.'라고 생각했으나 그것은 시작에 불과했다. 내비양의 안내로 들어선 의령, 시골의 꼬불꼬불한 좁은 길뿐 아니라 금방이라도 산꼭대기에 닿을 듯이 오르막으로만 되어 있는 길. 차가 뒤집힐 것 같아 집으로 되돌아가고 싶어졌다. 산꼭대기까지 가면 오도 가도 못할 것 같은 상황이 아찔하며 무서움이 확! 다가왔다. 그러나 그것도 잠시, 오르막길이 있으면 내리막길도 있는 법, 얼마 지나지 않아 코앞에 구불구불 그림 같은 시골길이 나타났다. 인생살이가 그렇듯이 굽이굽이 이어진 길처럼……

잔뜩 기대를 안고 도착한 '의령 예술촌'의 주차장은 텅 비어 있었다. 아무도 없는 그곳에는 행사를 치른 후의 잔해들만 바닥에 널브러져 있었다. 하나에게 전화를 걸고 주변을 돌아보니 그곳에는 전시회 날짜가 훨씬 지난 현수막이 걸려 있었다. 자연을 배경으로 한 이곳은 무엇 하나 나무랄 데 없는 훌륭한 전시관이었음이 짐작되었다. 문이 잠긴 교실 창문 안으로 몇 점 남은 작품들도 눈에 들어왔다. 햇살 좋은 마당에 제각기 다른 모양으로 있는 항아리 작품들, '그것은 단순 항아리가 아닌 작품이었을 텐데…'라는 생각이 들었다.

예동 마을에 있던 예술촌을 뒤로하고 친구가 있는 장소로 갔다. 길치인 나는 손바닥만큼 작은 동네를 몇 바퀴 돌며 어둑해져서야 약속 장소에 도착했다. 가방을 들고 들어간 곳은 마을회관 뒤쪽에 있는 작가촌. 지난해까지 사용했던 폐교의 커다란 교실의 작업실은 난방시설이 부족하다고 했다. 그래서 겨울에는 작품 활동에 집중할 수가 없어 이곳으로 옮겼다고 했다. 우리는 작가촌의 작업실에서 여고 시절 이후 처음으로 하룻밤을 보냈다. 한잔의 술은 우리 두 사람을 상상의 시간 속으로 훨훨 날게 했다. 늦은 시간까지 얼마나 소중한 추억들을 끄집어내며 아름다운 이야기들을 했던가. 다음 날 아침, 잠자리가 바뀐 탓도 있었겠지만 늦게까지 뒹굴고 싶지 않아 이른 새벽 살그머니 문을 열고 나섰다. '와~~ 이런 세상에나!' 숨이 턱 막힐 듯이 아름다운 모습. 한적하고 평화로운 시골 풍경. 물기를 머금은 안개가 자욱해 주변의 모습들이 어스름하게 보였다. 어제는 눈에 들어오지 않았던 숙소 앞에 있는 운동기구에 물기가 가득했다. 집 주변을 걸어보니 어릴 적 살던 시골 할머니 생각이 났다. 나지막한 담장이 있는 쓰러질 것만 같은 자그마한 초가집. 각종 채소를 심어놓은 자그마한 텃밭. 이끼 낀 풀들이 너풀거리는 고랑 물조차 정겨워 보였다. 도시에서는 전혀 맛볼 수 없는 싱그러운 느낌의 달콤한 공기. 이러한 쌀쌀한 아침 공기마저 즐기며 동네의 모습들을 조심스럽게 눈에 담았다. 가슴이 벅차 터질 것 같아 고함을 지르고 싶어졌다.

[우물이 있는 시골집]

여전히 꿈속에 있는 친구 '하나'를 쳐다보며 조금 전에 보았던 풍경을 떠올렸다. 눈에 비쳤던 그 모습과 느낌을 생각하며 노트북을 펼쳤다. 식탁에 앉아서도 눈에 비친 창문 밖의 풍경은 나를 계속 감탄하게 하였다. 동네 구경을 하려고 문을 열고 나선 우리는 자연스럽게 손을 잡았다. 밝아진 후의 그곳은 조금 전 안개 가득했을 때와는 전혀 다른 느낌으로 다가왔다. 지나는 사람들조차 잘 눈에 띄지 않은 깊은 산골인 그곳. 가끔 보이는 어르신들, 동네만큼이나 자그마한 근처의 저수지도 정겹게 느껴졌다.

'하나'가 지난해까지 작업실로 사용했다는 폐교가 되어버린 'ㅇㅇ 초등학교'를 손끝으로 가리키며 천천히 걸어갔다. 아이들 소리가 들릴 것 같은 그곳. 운동장에는 풀이 듬성듬성 나 있었고, 운동장 한쪽에는 이순신 장군 동상이 외롭게 서 있었다. 뛰어노는 아이들 모습이 상상이 되는 것만으로도 내 귓가에는 웃음소리가 들리는 듯했다. 그런데 교실의 깨진 유리창조차 멋져 보이는 것은 왜일까? 작업실로 돌아와 따뜻한 커피를 마시며 최고의 행복을 만끽했다. 화가인 친구는 앞치마를 두르고 작업 준비를 하기 시작했다. 유화 작품을 그리기 위한 기초 작업 중 일부인 묽은 시멘트 같은 젯소를 칠하며 크고 작은 몇 개의 캔버스를 바닥에 쭉 늘어놓았다. 한때 우리가 좋아했던 곡들을 골라 오직 친구 하나만을 위해 오카리나 연주를 했다. 우리는 여고 시절의 감성에 푹 빠져버렸다. 친구와 함께하는 꿈만 같은 일들이 일어나는 중이었으며 너무 행복했다.^^

상상 속의 멋진 폐교의 교실은 아니었지만 친구 하나의 의령 작업실은 내 인생의 전반부를 마친 쉼표의 자리가 되기도 했다. 이곳은 나에게 특별한 휴식의 공간이었으며 추억의 장소로 자리매김하고 있었다. 지난해부터 이어진 코로나19의 상황 속에서 가장 먼저 떠오른 곳도 이곳이었다. (광명 도서관 우산 회원 모음집 수록)

"지혜의 으뜸은 멈출 때를 아는

지지(知止)라는 것을……"

- 『도덕경』, 노자 -

브라보 마이 라이프

특별한 휴식 공간과 추억의 장소가 필요하다.
퇴직 후 찾아간 친구의 작업실이 내 인생의 전반부를 마친
쉼표의 자리가 된 것처럼.

_____

_____

_____

_____

_____

_____

_____

_____

바람과 별,
충전 중

"여행과 장소의 변화는

우리 마음에 활력을 준다."

- 세네카 -

    홀쩍 떠나고 싶은 많은 사람 중 한 사람, 일 년에 한두 번 가까운 곳이라도 여행 간다는 계획을 세운다. 그러나 그렇게 혼자 떠나는 게 쉽지는 않다. 하나의 커다란 과제를 해결하고 나면 '무사히 해냈다'는 안도감이 든다. 그런 마음도 잠시뿐, 며칠이 지나면 아픈 곳도 없는데 여기저기가 찌뿌둥하고 무언가 잃어버린 것 같이 허(虛)하다. 자동차가 목적지에 도착하면 브레이크를 밟고 멈추듯 과제를 해결했으면 쉬어야 한다. 그러나 더 달리고 싶었고 '아직 더 달려가야 한다.'라는 생각이 가슴속에 남아 있다. 달리다 멈추고 싶을 때 마음도 동시에 멈추어야 한다. 그러나 멈추지 못하는 마음처럼 몸도 한두 발짝 더 달리다 결승선을 지나고 말았다. 마음 브레이크가 고장 난 것이다.

정기 연주회

큰 과제 중 하나였던 합창단 정기 연주회. 10월에 있을 공연을 위해 몇 달 전부터 저녁 늦은 시간까지 연습했다. 연습하면 할수록 모자란 부분은 더 많이 드러났고 귀에 거슬렸다. 만족하지 못한 지휘자님이 개별 맞춤지도를 위해 '주말 시간을 비우라'라는 명령이 떨어졌다. 파트 별 연습을 위해 여름방학도 없이 호출되었다. 연습실인 시민회관은 주말에 사용할 수 없어 지인 찬스로 초등학교에서 연습했다. 지휘자의 송곳 같은 지적으로 각 파트 음은 어우러지기 시작하며 조금씩 완성되어갔다. 한 시간 남짓의 공연을 위해 '맴 맴 맴 매암~' 거리며 우는 매미처럼 여름 내내 노래했다. 주말도 없이 진행된 강행군 후 연주를 마치고 나면 몸속 모든 게 빠져나간 것 같다. 머릿속은 텅텅 비어 쭉정이가 된 것 같다. 그런 상태로 열흘 정도는 혼이 나간 사람처럼 지냈다. 아마도 이런 상황을 빗대어 사람들은 멘탈 붕괴, 멘붕이라고 한다.

여행, 그곳은 어디

지금 상황에서 벗어나고 싶고 마음이 편안하게 안정될 때까지 훨훨 날 듯 여행 가고 싶었다. 그러나 직접 운전해서 어디를 찾아가는 건 신경 쓰여 마음이 내키지 않았다. 마음이 힘들 때 찾아가기에 안성맞춤인 곳을 지인이 추천해주었다. 위치는 강원도 원주. 서울에서 자동차로 가면 50분 남짓, 고속버스를 타고 가면 2시간 정도의 거리였다. '옳거니 한번 가야지.'라며 마음먹었다. 도착시간을 미리 알려주면 주인장이 근처 정류장에서 기다린다. 일행이 내리면 9인승 차에 태워 숙소까지 데려다준다니 마음에 쏙 들었다. 짐을 들고 메어야 하는 게 불편해도 마음 편한 대중교통을 이용하기로 했다.

동서울터미널이 있는 강변역에서 친구들과 만났다. 버스를 타고 해발 700미터에 있는 원주 황토방으로 향했다. 도심을 벗어나지 않았는데도 집 떠난다는 해방감에 마음이 들떴다. 원주 신림역 근처 하나로마트에서 이것저것 먹거리를 담았다. 구매 일 순위는 역시 삼겹살. 술과 야채, 군 것질거리도 담았다. 도착했다는 주인장의 연락을 받고 밖을 보니 마트 입구에서 기다리고 있었다.

황토방 가는 길

9인승 차에 우리를 태운 주인장은 천천히 운전하며 숙소로 올라갔다. 황토방 가는 길이 치악산 줄기라고 소개했다. 산 이름에 악(岳)이 붙으면 산세가 험하다더니 치악산의 악은 이름값을 톡톡히 했다. 높고 험한 산이라는 말이 무색할 정도로 황토방 가는 길은 아스팔트는 아니지만, 바닥이 고르게 정돈된 구불구불한 흙길이었다. 창밖을 구경하라고 주인장은 천천히 운전했고 우리는 주변 모습에 '와!'라는 감탄사가 절로 났다. 상쾌한 공기에 코는 뻥 뚫리는 것 같았고 공기 맛은 신선하고 달았다. 도착한 해발 700미터에 있는 황토방은 안식처 같았다. 뜨거운 찜질방은 숨쉬기 힘들어 좋아하지 않는다. 그러나 황토방은 숨이 막히지도 않고 따뜻했다. 이른 저녁을 먹고 1m 정도 두꺼운 황토방에 들어가니 여름에도 나지 않는 땀이 흐르기 시작했다. 황토방 안에서 한참을 뒹굴다 긴팔 윗옷을 걸치고 밖으로 나왔다. 상큼하고 시원한 바람이 목덜미를 스치고 지나간다.

자연의 힘

고개를 들어 하늘을 본다. 와~~~ 아직도 이런 세상이 있구나. 오랜만에 보는 까만 하늘에 반짝이는 쏟아질 듯 많은 별. 갑자기 심장이 쿵쾅거린다. 영화 〈E.T.〉에서 주인공 엘리엇과 외계인이 손가락 끝을 서로 맞대 교감하는 장면이 떠오른다. 텅 비어버린 몸속에 에너지가 조금씩 채워지는 중이다. 그렇게 황홀하고 아름다운 밤을 보냈다. 새벽 일찍 일어나 근처에 지천으로 널려 있는 이슬 머금은 머위와 민들레 등 갖가지 나물을 뜯었다. 한 끼는 주인장이 키우고 근처에서 캔 나물로 차리는 아침 식사를 예약해두었다. 아침 밥상에 올라온 쌉싸래한 도토리묵, 근처에서 주운 도토리를 황토방에서 말려 갈아서 쑨 것이다. 버섯에 들깻가루를 넣어 만든 버섯 무침과 각종 나물 반찬이 입에 맞았다. 배 속을 가득 채웠다. 그중 젓가락으로 들어도 끊어지지도 않고 탱글탱글한 도토리묵은

일품이었다. 새벽에 뜯은 한 움큼 산나물과 주인장이 파는 도토리 가루
를 사서 가방에 넣고 하룻밤 행복도 담았다.

[이슬 머금은 쌀쌀한 아침 공기를 맡으며~~]

밤하늘의 쏟아지는 별을 잊을 수 없다. 서늘하지만 상큼한 밤바람이 그립다. 가져갔던 오카리나로 주인장 손녀딸을 위해 동요 몇 곡을 불렀고 아이는 마당을 빙글빙글 돌았다. 아침 공기, 햇살, 숙소 주변의 숲속 풍경을 보고 느끼며 텅 빈 가슴을 가득 채웠다. '피리 불러 안 오세요?'라며 지금도 주인장한테 연락이 온다.

힘들 때나 쉬고 싶을 때, 밤공기가 생각나고 그리우면 찾아갈 곳이 생겼다.

브라보 마이 라이프

멘탈 붕괴. 영화 <E.T.>에서 주인공 엘리엇과
외계인이 손가락 끝을 서로 맞대 교감하는 장면이 떠오른다.
텅 비어버린 몸속에 에너지가 조금씩 채워진다.

_____

_____

_____

_____

_____

_____

_____

_____

가족과 함께한
시간

진정한 여행이란

새로운 풍경을 보는 것이 아니라

새로운 눈을 가지는 데 있다.

- 마르셀 푸르스트 -

사람들은 세상에 대한 호기심과 새로움, 또는 더 큰 즐거움을 위해서 여행을 떠난다. 여행을 위해 숙소, 식사, 교통수단 등의 일정을 계획하고 준비하며 신경 써야 할 게 많다. 그게 귀찮으면 정해진 일정대로 움직이는 패키지여행, 목적지만 정해 간단한 준비물만 챙겨 출발하는 배낭여행도 좋은 방법이다. 관광이나 체험이 여행 목적이 되기도 한다. 또는 일상에 지친 몸과 마음을 달래며 푹~쉬는 것이 여행이 될 수 있다. 그것보다더 큰 깨달음은 '평범한 일상에 대한 소중함'일 것이다. 첫 가족여행인 '안면도 휴가 여행'은 최악이었다.

여름휴가를 가본 적이 없던 우리는 "바닷가로 피서 갈까?"라는 남편의말에 마음이 들떴다. 넘실거리는 푸른 파도와 모래밭, 생각만 해도 설레었다. 신나게 놀 생각에 가방이 터질 정도로 이것저것 쑤셔 넣었다. 가방엉덩이는 빵빵하고 묵직했다. 묵직한 배낭을 메고 안면도 가는 시외버스를 탔다. 남편이 이끄는 대로 바닷가와 가까운 민박집으로 들어갔다. 잠자리도 세면시설도 불편해 보이는 지저분한 환경에 실망했다. 아이들은아랑곳하지 않고 수영복을 얼른 갈아입고 바닷가로 뛰어갔다. 실컷 물놀이를 한 아이들과 남편은 피곤하다며 큰대자로 뻗어 잠이 들었다. 슬슬배가 고파오며 밥 생각이 났다. 수돗가에 쪼그리고 앉아 쌀 씻어 밥 앉히고 음식 만들며 얼마나 약이 올랐는지 모른다. 요즘음 같으면 햇반 하나휙~ 전자렌지에 돌리면 해결되는데…. 첫 여름휴가를 그렇게 겪은 후,남편을 제외한 우리는 '여름휴가'라는 말을 단 한 번도 한 적이 없다.

여름방학

여름방학이 되면 아이들과 나는 바닷가 대신 서울 시내를 사나흘 탐방했다. 두 아들은 가방에 메모지와 연필, 좋아하는 간식과 꽁꽁 얼린 물을 넣어 가방을 메고 집을 나섰다. 큰아이가 중2가 될 때까지였으니 몇 번의 여름방학을 그렇게 보냈다. 덕수궁, 경복궁, 과학관, 미술관, 서울랜드 등 시내 곳곳을 지하철과 버스, 뚜벅이로 요즈음 말로 '체험 학습'을 다녔다. 집에 차가 없어 이 방법 말고는 개구쟁이 두 아들과 함께 갈 수 있는 곳이 한정되었다. 학원을 운영했던 나는 여름과 겨울방학에 주말 포함 5일씩의 휴가만 있었다. 겨울방학은 외갓집, 여름방학은 5일 중 3~4일을 몽땅 아이들과의 추억 쌓기에 사용했다. 아이들과 뜨거운 아스팔트 길 걷던 일, 길에 주저앉아 아이스크림 먹던 생각들이 스친다. 늦잠도 자고 쇼핑도 하고 싶었던 유혹을 뿌리치고 아이들과 함께했던 시간들, 지나 보니 얼마나 잘한 일인지 지금도 내 기억의 보물창고에 오롯이 담겨 있다. 잊고 싶지 않은 소중한 기억 중 하나이다.

한 달에 한 번

아이들은 성장했고 내 생활도 바빴다. 아이들과 여행이라고 간 적은 친정 가는 일 말고는 거의 없었다. 두 아들이 자라 성인이 되었다. 품 안의 자식으로 있을 시간이 얼마 남지 않았다는 생각이 들었다. 아이들과 알콩달콩 지냈던 어릴 적 시절이 그립다. 한 달에 한 번씩 가족이 함께하는 시간을 만들어야겠다고 생각했다. 바쁜 생활 중 시간을 정해서 네 명의 가족이 만난다는 건 쉽지 않았다. 두 아들은 엄마 의견에 가족이 우선이라며 흔쾌히 동참했다. 우리 가족은 특별하지도 않은 소소한 일상으로 영화를 관람하고 치맥도 했다. 가까운 산으로 등산을 가기도, 그것도 아니면 찜질방이라도 갔다. 아슬아슬하지만 그렇게라도 해서 가족 간의 사랑, 가족애(家族愛)를 두텁게 만들고 싶었다. 가족여행의 추억을 아이들에게 많이 만들어주지 못한 게 항상 마음에 걸렸다. 아이들이 짝꿍들 만나기 전에 이렇게라도 좋은 추억을 만들고 싶었다. 큰아이가 대학을 졸업하고 직장인이 되었다.

엄마 마음을 눈치 챘는지 추석 전후에 휴가를 받을 수 있다며 추석에 가족여행을 제안했다. "추석 차례상을 호텔에서 지낸다고?"라며 남편은 펄쩍 뛰며 반대했다. 그러나 자식 이기는 부모는 없는 실제 상황이 벌어졌다. 나는 설날 세뱃돈을 기다리는 아이처럼 추석을 기다렸다. 추석 연휴가 시작되면 일본, 제주도, 남해안과 동해안을 가족들과 여행했다. 저녁이 되면 숙소 앞 벤치에 앉아 맥주 한 캔을 손에 들고 이야기했다. 미처 헤아리지 못했던 서로의 이야기를 듣고 대답했다. 행복을 가득 담은 힐링 여행이 되었다.

통 큰 가족여행

"올해는 미국으로 갈까요?"라고 한다. 내 눈은 동그래졌다. "무슨~~ 그 멀리까지."

미국 영토 괌 가족여행이다. 엄마, 아빠를 위한 맞춤형 프로그램으로 꼼꼼하게 준비했다. 두 형제가 머리 맞대고 얼마나 여러 번 바꾸면서 의논했는지 짐작이 갔다. 괌 가족여행에서 꿈같이 생각하던 것을 직접 경험했다. 그림에서만 보던 카약을 탔고 구명조끼를 입고 스노클링도 하였다. 물안경 속에 비친 깊은 바닷속 산호초, 노랗고 파란 고기들, 신비와 환상의 바닷속 풍경을 들여다보았다. 단 몇 명의 관객만을 위한 맞춤형 magic show, 영화의 한 장면처럼 넓은 바다에서 나를 쫓아오는 듯한 수십 마리의 '돌고래 쇼'도 환상적이었다. 해변에서 연주했던 오카리나 소리는 기억 속에 뚜렷이 남아 있다. 생각만 해도 가슴이 설렌다.

웨스틴 리조트 숙박객 전용인 '프라이빗 비치'에 있는 카바나(내가 생각한; 바구니형 방갈로) 안에서 오카리나 연주를 하기 시작했다. 카바나가 둥근 바구니 모양이어서인지 흙으로 빚은 오카리나 소리는 코발트색 물 위를 넘실거리며 춤추고 있었다. 물속에서 헤엄치며 연주를 듣던 아들이 "오카리나 소리가 물 위를 동동 떠다니는 것 같다."라고 말했다. 정말인지 '엄마 기분 좋아라' 했는지 모르지만 그렇게 말해주는 아들이 고

맑고 사랑스러웠다. "칭찬은 고래를 춤추게 한다"는 말같이 칭찬 한마디 에 나는 으쓱했다. 추억의 동요를 연주했다. 한국 사람인 듯한 관광객이 가만히 듣고 있었다. 오카리나를 불 수 있어 즐거웠고, 감상하며 공감하 는 청중이 있어 더 좋았다. 나는 커다란 천을 몸에 두르고 바닷가에서 춤 추었다.

[둥근 바구니 모양의 카바나]

'괌 차모로 빌리지(Chamorro: 괌 원주민을 뜻함)'에서 수요일마다 열 리는 야시장에 갔다. 근처에서 귀에 익은 올드팝, 재즈 음악 소리가 들리며 완전히 축제 분위기였다. 경쾌하고 강렬한 음악은 내 몸속의 흥을 끄집어내었다. 나도 모르게 내 몸도 리듬을 타고 있었다. 운동장같이 커다란 홀에서 희끗희끗한 머리칼을 가진 뚱뚱한 노부부, 흑인, 백인 할 것 없이 많은 사람이 몸을 흔들며 춤에 빠져 있었다. 동양 사람에게 그들이 섞여 함께 춤추는 모습은 신선하고 새로웠다. 음악에 몸을 맡기고 형식에 매이지 않는 그들. 흔들흔들 살랑살랑 춤추는 그들이 부러웠다. 자유로운 영혼을 갈망하는 나는 춤판 속으로 뛰어들고 싶었다.

['괌 차모로 빌리지'에 있는 댄스홀]

옅고 짙은 각양각색의 푸른빛 바닷물, 환상적인 석양의 아름다움을 남겨두고 괌 공항으로 왔다. 가방과 휴대전화를 바구니에 담고 검색대를 지나고 있었다. 엑스레이 화면에 의심스러운 물건이 있다며 가방을 열고 소지품을 검사했다. 무슨 일인지 당황스러웠으나 영어 한마디 못 하는 나는 몸으로 표현할 수밖에 없었다. 그때야 나타난 아들이 "엄마, 가방에 손대지 말고 가만."이라고 말했다. 나는 순간적으로 "뭔가 잘못된 게 있구나."라는 생각이 들어 벌써는 아이처럼 두 손을 번쩍 들었다. 아들은 덩치 큰 검색 요원과 한참 이야기하더니 "엄마, 걱정하지 마세요. 해결되었어요."라고 했다. 엑스레이에 찍힌 가방 속의 T자 모양 오카리나가 총기인 줄 알았다. 가방을 열고 악기를 꺼내 오카리나를 확인시키고 소리를 들려주었다. 도레미~~ 소리는 넓은 대기실에 울려 새가 지저귀는 듯했다. 그렇게 가족여행의 마무리는 총기사건으로 잊을 수 없는 웃긴 추억이 되었다.

먹고사는 게 그렇게 중요했던가. 지나고 보니 별것도 아닌데 놓친 소중한 게 많다. 바쁘다는 이유 반 핑계 반으로 아이들과 많은 시간을 함께하지 못한 게 지금도 아쉽다. 그러나 시간은 흘렀고 기다려주지 않았다. 그동안 아이들은 성장해서 성인이 되었다. 이제는 아이들이 보호자가 되어 그때 못해본 가족여행의 아쉬움을 추석 연휴에 함께 간다. 우리 부부는 아이들 보호자라는 이름으로 울타리 역할을 하기 위해 최선을 다했지만, 아이들에게는 항상 부족한 부모였다. 그러나 어떡하겠는가, 그것이 우리 능력의 한계인 것을…. 아이들은 이해해주었고, 엄마, 아빠 대단하다고 치켜세워 주었다. 그 칭찬에 부부는 말 잘 듣는 아이가 되어가고 있었다. 어른이었던 우리는 아이로 돌아가고, 아이였던 두 아들은 어른이되어 우리의 보호자가 되었다.

아이들과 함께했던 시간은 지금도 내 기억의 보물창고에 오롯이 담겨 있다.
우리는 소중한 기억을 먹으며 산다.

_____

_____

_____

_____

_____

_____

_____

_____

남편과의
첫 만남

사랑이며 연애를 생애 과업으로 생각하는 유일한 시기인 20대. 20대였던 나도 그들과 다름없었다. 친구들과 어울려 술 마시고 미팅하고 작은오빠 소개로 오빠 친구도 만났다. 그러나 달콤하지도 신선하지도 않았다. 연애보다 친구들과 노는 게 더 좋았다. 가끔 '인생이 뭐지?'라는 생각이 불쑥불쑥 들면 가까운 절을 찾아갔다. 금빛 몸과 평온한 눈빛을 가진 부처님을 바라보며 마음이 편해질 때까지 앉아 있었다. 가끔 불교학자들 강의를 듣고 불서(佛書)를 읽었다. 책을 읽을수록 '나는 누구인가?', '왜 살아야 하는가?'라는 생각에 깊이 빠져들었다. 급기야 지금의 계룡시인 대전 신도안에 있는 암자에 들어갔다. 주방일을 거들고 스님들 일상을 따랐다. 새벽에 일어나 기도하고 참선하며 '이뭣고(是甚麼)'라는 화두를 던졌다. '나는 누구인가?'에도 집중했다. 현실에서 도망치듯 찾아간 한 달 남짓 동안 암자에서 기도했지만 명쾌한 답은 얻지는 못했다.

마음을 잡지 못해 불교 서적을 읽고 이곳저곳 부처님을 찾아다녔다. 초등학교 이후 처음 간 경주에서 석굴암 십일면 관음보살의 아름답고 거룩한 모습에 매료되었다. 법정 스님의『무소유』,『서 있는 사람들』등 여러 권 책을 읽으며 신심이 발동했을 때였다. 친구랑 송광사 불일암에 스님을 뵈러 갔다. "책을 읽고 뵙고 싶어서 왔다."라고 말씀드리며 삼배를 올렸다. "차 한잔 드시게."라며 색 고운 작설차 한잔을 주셨다. 스님 얼굴만 뵙고 입도 벙긋하지 못했다. 차 한잔 마시고 불일암에서 내려왔다.

법정 스님

다음 날 서울에 약속이 있어 송광사 근처에서 하루 묵기로 했다. 입구에 있는 기념품 파는 집 2층에 방을 정했다. 복도에서 주인과 남자가 두런두런하는 소리가 들렸다. 문을 빼꼼히 열고 보니 키가 큰 남자는 법정 스님을 뵈러 왔는데 너무 늦었다며 방이 있는지 물었다. 주인은 우리 건너편 방문을 열고 안내했다. 친구와 나는 법정 스님을 뵙고 온 상태라 괜스레 친한 척했다.

친구와 나는 이불에 누워 수다를 떨고 있었다. 똑똑똑! 소리가 들렸다. "누구세요?" 놀라서 물었다. "아~ 건너방 사람입니다." 문을 열어보니 내일 불일암 간다는 조금 전 그 남자였다. 옆에 있던 친구는 불교에 푹~ 빠져 있던 상태라 법정 스님이라는 말만 듣고 우리 방에 들어오라 했다. 스님 성품이 어떻고 차 맛이 어떠니 하며 아는 척했다. 알고 보니 그 남자는 불교 연구원이었고 세미나 자료를 법정 스님께 전해주러 가는 길이라고 했다. 우리는 번데기 앞에서 주름을 잡은 꼴이 되었다. 늦은 밤까지 우리 세 사람은 불교를 이야기했고 이해하기 쉬운 것부터 읽을 수 있는 책 제목을 알려주었다.

남자 사람 친구

여행을 마치고 집으로 돌아와 그 남자가 적어준 책을 사서 읽기 시작했다. 다 읽고 나면 다른 책을 추천받고, 열심히 다 읽고 나면 또다시 추천받아 읽었다. 몇 차례를 반복하며 마음이 움직이기 시작했다. 핸드폰도 없던 그 시절, 그 남자가 집으로 전화하면 엄마는 큰 소리로 날 불렀다. 흘깃 쳐다보며 수화기를 건네주었다. 그가 부산에 가끔 오면 만나고 그렇게 다른 청춘들과 비슷하게 지냈다. 다하지 못한 이야기는 편지로 묻고 전화도 했다. 궁금해하는 엄마에게는 "남자 사람 친구예요."라고 했다. 그러면서 우리는 서울과 부산을 오가며 만나기 시작했다. 부산에 온 그가 일이 끝나면 연락한다고 했다. 얼마 지나지 않아 연락이 왔고 약속 장소로 뛰어갔다. 건장한 체격과 테가 두꺼운 안경을 낀 그 남자는 한쪽 구석에 앉아 신문을 뒤적이고 있었다. 종일 애타게 기다린 보람도 없이 시간은 금방 지났다. 헤어져야 할 시간이 되었고 다음 날 새벽에 서울로 가야 한다고 했다. "나도 가면 안 돼?"라며 보챘더니 한참 후에 표를 구했다고 연락이 왔다. 다음 날 새벽 부모님이 눈치 챌까 봐 까치발로 살금살금 문밖을 나섰다.

추운 겨울의 새벽공기가 도리어 상쾌하게 느껴졌다. 고속버스터미널로 가는 버스를 탔다. 뻥 뚫린 새벽 아스팔트길이 그렇게 답답하고 길게 느껴진 적은 없었다. 두툼한 코트를 입은 그는 버스정류장에서 나를 기다리고 있었다. 이른 새벽이라서인지 버스 안에는 사람들이 별로 없었다. 대구를 지나 황간 근처를 지나고 있는데 눈보라가 휘몰아쳤다. 고향이 부산인 나는 눈을 별로 본 적이 없었다. 버스 운전석 앞으로 쏟아지는 눈이 너무나 신기했다. 감탄에 감탄을 연발했지만, 그 남자는 "어, 눈이 많이 오네." 정도였다. 그러나 까만 새벽에 차창을 때리듯 쏟아지는 그때의 하얀 눈, 콩깍지가 끼는 순간이었다.

그렇게 우리는 남자 사람과 여자 사람 친구로 지냈다. 편지 왕래와 자주 만나는 것을 눈치 채고 "너희들 어떤 사이니?"라고 엄마가 물었다. 나는 처음부터 결혼에는 관심이 없었기에 "그냥 친구, 그 남자 유학 간대요."라며 무심하게 말했다. 편지 봉투에 있는 주소를 보고 엄마는 그 남자에게 편지를 보냈다.

그 남자는 급하게 내려와 엄마를 만났다. "자네, 유학 간다는데 우리 딸과는 어떻게 이야기됐는가?"라고 엄마는 단도직입적으로 물었다. 당시 마음만 뜨거웠을 뿐 결혼할 상황이 아니면서 그 남자는 "결혼하겠습니다."라고 했다. 나는 놀란 눈으로 그를 쳐다보았지만 뭐라고 내 의견을 이야기할 겨를도 없었다. 우리는 약혼을 건너뛰고 결혼하기로 했다. 결혼한다는 마음의 준비도 없이 남자 사람 친구는 남편이 되었다. 엄마가 남편에게 편지 보냈다는 사실을 결혼하고 한참 뒤에 나는 알았다. 아마 그때 엄마가 편지를 보내지 않았다면 지금 남편인 예전의 그 남자는 괜찮고 멋진 남자로 기억 속에 남아있을지도 모른다.

결혼 전 편지

우리는 결혼했지만 달콤함은 잠깐이었다. 그 남자는 처가살이 한 달을 하고 바로 유학길에 올랐지만 마치지 못하고 돌아왔다. 그 후 본격적인 결혼생활이 시작되었다. 결혼이란 달고 쓴맛만 있는 것이 아니었다. 짜고 시고 매운 다섯 가지 맛을 골고루 가진 오미자 맛 종합세트였다. 가끔 맛보는 행복 감칠맛이 양념 역할을 하지만 매번 그런 것은 아니었다. 몸에는 좋은 오미(五味) 종합선물 결혼을 원하는 게 아니다. 나는 나긋나긋하고 달콤한 결혼을 꿈꿨다. 우리가 연애하고 신혼 때 주고받았던 수많은 편지가 있었다. 그것을 날짜순으로 정리해 시험지 철에 꽂아 오랫동안 보관하고 있었다. 언젠가 그 편지를 엮어 함께한 우리의 인생 책을 만들고 싶었다. 그러나 남편은 가정보다 술과 사람을 좋아했다. 가족과 함께하는 시간보다 밖에 있는 시간이 훨씬 많았다. 믿음과 사랑으로 시작했던 우리의 결혼생활은 생각보다 아름답지 않았고 힘이 들었다. 시험지 철에 꽂아둔 추억과 사랑 가득했던 묵직한 편지를 한 장 한 장 찢었다.

오늘도 ing

'나는 누구인가?'라는 화두를 들고 방황하던 20대 시절을 보내고 나니 '우리는 무엇을 먹고 어떻게 살아야 하는가?'라는 30대를 맞이했다. 완숙한 40대를 꿈꾸었던 나는 자신을 찾기 위해 또다시 방황하기 시작했다. 20대에 방황하던 나에게 손을 내밀어 주었던 남자였던 남편은 오늘도 술독에 빠져 밤이 늦어서야 들어왔다. 여기 번쩍 저기 번쩍 홍길동처럼 전국을 안방처럼 다니던 남편, 그도 얼마 지나지 않아 온전하게 가족의 일원이 되리라 믿었다.

40대의 나는 아이들과 가정을 단단하게 지켰다. 멋져 있을 60대의 내 모습을 상상하며 꿈을 꾸기 시작했다. 남편과 둘이 손잡고 은발을 날리며 여행하고 싶었다. 동화처럼 함께 늙어가고 싶었지만 그렇게 될 수는 없었다. 먹고 싶은 것, 하고 싶은 것 실컷 한 남편은 지금에야 처음 만났을 때의 순수했던 예전의 모습으로 변하는 중이다. 오늘도 ~~ing 현재 진행 중이다. 돌고 도는 인생살이처럼 남편도 돌고 돌아 내 곁으로 왔다. 흩날리는 은발도 아니고 멋진 여행지가 아니라도 좋다. 오늘은 집 뒷산에 남편 손을 잡고 걸어보고 싶다.

[강화도 해안도로 코스모스]

[차 한잔의 망중한(忙中閑)]

브라보 마이 라이프

동화처럼 함께 늙어가고 싶었지만 그런 기적은 생기지 않았다.
이제야 남편은 처음 만났을 때의 예전의 모습으로 변하는 중이다.
오늘도 ~~ing 현재 진행형.

_____

_____

_____

_____

_____

_____

_____

_____

5

잊을 수 없는
첫사랑

초등학교

국민학교의 숨은 뜻은 대한민국 국민 누구나 다니는 학교가 아니다. 일본 천황의 국민이 다니는 학교라는 뜻이다. 일제 잔재 청산이란 의미로 1996년 3월 1일부터 초등학교로 변경되었다. 이십여 년의 세월이 흐르며 초등학교란 명칭은 처음부터 입은 옷처럼 자연스러웠다. 일본과 전혀 상관도 없는 나는 토성국민학교를 다녔고 내 아이들은 초등학교를 졸업했다.

4학년 우리 반 아이들과 선생님은 졸업까지 쭉 같은 반이었다.

담임 선생님은 귀밑에서 턱까지 잇따라 난 거뭇한 구레나룻과 하얀 피부를 가졌다. 그렇게 보였다. 선생님을 바라보며 내 눈에서는 별사탕이 쏟아졌다. 공부와 학교생활도 즐거웠다. 담임 선생님은 매주 한 곡 이상씩 8마디, '도'로 끝나는 작곡 숙제를 냈다. 한 번도 빠지지 않고 즐겁게 곡을 만들었다. 반 친구들이 제출한 곡 중에는 괜찮은 곡이 제법 있었을 것이다. 학년이 올라가기 바로 전 봄방학 하는 날, 숙제로 만든 곡을 엮은 작곡 모음집과 통신표를 반 아이들에게 주었다.

작곡 모음집

졸업 때까지 두 권의 작곡 모음집이 만들어졌다. 모음집 안에는 집에서 키우던 고양이 꼬리에 방울을 달고 노는 모습을 상상하며 지은 '고양이'란 곡이 있다. 어항 속 열대어를 보며 지은 '금붕어와 열대어' 등 몇 편의 곡이 수록되어 있었다. 작곡 숙제를 위해 소재는 거의 집 안 여기저기에서 찾았다. 요즈음 글쓰기 소재를 주변에서 찾는 것과 같다. 작곡은 음악으로, 에세이는 글로 마음속 이야기를 표현하는 소통 방법만 다른 것이다. 남은 두 권의 작곡 모음집은 결혼하고도 오랫동안 갖고 있었다. 갑자기 생각나 찾아보니 없다. 어디 두었는지 기억나지 않았다. 소중한 추억의 보물을 잃고도 그게 언제인지도 모른다.

[가평의 한 카페에서 담은 오르간]

　반 학생들이 만든 곡을 선생님은 가끔 오르간으로 연주했다. 그 모습이 너무 멋졌다. 내 눈은 넘실거리는 선생님의 하얀 손가락과 노래 부르는 입에서 눈을 떼지 못했다. '나도 멋진 곡을 만들면 오르간 반주에 맞추어 저렇게 노래를 불러주시겠지.'라는 생각에 가슴이 콩닥거렸다.

　내가 6학년이던 그때는 지금의 대입만큼 치열한 중학교 입시에 시달려야 했다.

　엄마의 교육열은 치맛바람으로 표현되었다. 나는 방과 후, 6학년 선생님 집에서 몇 명의 아이들과 함께 과외수업을 받기 시작했다.

바이올린

선생님과 다시 만난다는 생각에 힘든 줄도 모르고 밤늦게까지 공부했다. 둥그런 상에 둘러앉아 공부하다 보니 사진에서만 보던 바이올린이 선반에 있었다. 지금이야 피아노, 바이올린 등이 흔하지만 그 시절에는 실물을 볼 기회는 거의 없었다.

반짝반짝 빛나는 갈색 바이올린의 잘록한 허리, 하얀색 실이 묶여 있는 긴 막대기도 곁에 가지런히 놓여 있었다. 바이올린 활이었다. 소리도 궁금하고 촉감도 어떤지 만져보고 싶었다.

잠깐 쉬는 시간이 되면 젊고 이쁜 사모님이 달콤한 간식을 쟁반에 담아왔다. 나는 손가락으로 높은 선반을 가리키며 "저 위에 있는 바이올린에서는 어떤 소리가 나요?"라고 물었다. 사모님은 얼굴만큼이나 고운 목소리로 "왜 궁금해, 들려줄까?" 했다. 우리는 망설임 없이 모두 "예."라고 고함지르듯 대답했다.

사모님은 선반 위에 있던 바이올린을 꺼내 짧은 곡을 연주했다. 무슨 곡인지는 모른다. 그러나 바이올린 소리는 가는 실 위에 나비가 걸터앉아 살랑거리며 걷는 것 같았다. '이신구 선생님'을 만나 내가 접한 새로운 세상, 직접 만든 자작곡, 오르간 치는 담임 선생님 모습, 과외방에 있던 바이올린이 있었다. 중학교 입학시험을 마치고 나는 피아노를 배우기 시작했다.

첫사랑

첫사랑은 이루어지지 않는다고 하지 않던가? 내 마음속 첫사랑, 하얀 피부를 가진 귀공자 스타일, 구레나룻 수염을 면도한 파릇한 자국은 선생님을 더 빛나게 했다. 4학년 때부터 담임이었던 '이신구 선생님'은 졸업과 함께 헤어졌다. 그러나 첫사랑 선생님이 주신 음악 사랑은 내 인생 속에 깊숙하게 스며들었다. 선생님을 만나지 않았다면 내가 오랫동안 음악을 가까이할 수 있었을까? 학창 시절에는 항상 합창반에서 활동했다. 성인이 되어서도 내 곁에서 음악이 떠난 적은 한 번도 없었다. 가끔 선생님이 생각나서 찾아보았지만, 너무 오랜 세월이 지난 탓인지 찾을 수 없었다. 이루지 못하는 첫사랑처럼 가슴에 고이 담아두기로 했다. 이십 년 이상 음악을 배우고 가르쳤으며 지금도 나는 오카리나를 가방에 넣어 다닌다. 선생님 댁에서 처음 들은 살랑거리며 걷는 소리를 내는 바이올린은 아니다. 나에게 잘 어울리는 오카리나는 새가 지저귀듯 아름답고 영롱한 소리를 가졌다. 오카리나는 내 사랑이다. 선생님을 향했던 사랑의 힘으로 60살이 지난 지금까지 나는 음악을 사랑할 수 있었다. '이신구 선생님' 사랑합니다.

"첫사랑은 첫눈과 비슷하다.
사람들은 그 흔적을 분명하게 본다."

- 수잔네 두세트 -

첫사랑은 이루어지지 않는다고 한다.
그러나 첫사랑 선생님이 주신 음악 사랑은 내 인생 속 깊숙이 뿌리내렸다.

6

가을비

한때 비를 참 좋아했다. 70년대의 부산, 영화의 거리로 알려진 남포동과 한 블록 건너 먹자골목 있는 광복동이 있다. 그곳에는 구경거리도 많고 술집과 다방도 많다. 요즈음 말로 젊은이들의 핫플레이스다. "술 마시고 노래하고 춤을 춰봐도 가슴에 하나 가득 슬픔뿐이네~~"라는 송창식이 부른 '고래사냥' 노랫말처럼 나도 세상 무서운 게 없는 20대였다. 넓게 펄럭이는 나팔바지로 땅바닥을 쓸며 일주일에 네댓 번은 꿈을 좇아 핫플을 찾았다. 비가 오는 날이 되면 가슴은 더 저렸고 그때마다 광복동 거리에 있던 약간 컴컴하지만 넓고 편안한 음악다방을 갔다.

음악실

예나 지금이나 음악은 변함없이 내 삶의 많은 부분을 차지했다. 기쁠 때는 노래를 불렀고 슬플 때는 음악을 감상했다. 그때 찾았던 '무아 음악실', 종일이라도 음악을 감상할 수 있는 입장권을 끊어 입장했다. 좌석에 앉으면 직원이 뒤따라와 커피 한잔과 메모지를 갖다 주었다. 'The Brothers Four'가 부른 'Green fields'를 신청했다. 떠나간 사랑을 자연에 비유한 노래여서인지 얼마 전에 헤어진 남친과의 이별의 아픔이 그대로 전해졌다. 음악실 DJ는 비 오는 날에 어울리는 곡을 틀어주었다. 나는 음악 속으로 빠져들며 노래 가사의 주인공이 된 듯했다. 그때 비틀즈의 'Let It Be', 영화 〈내일을 향해 쏴라〉 주제곡인 'Raindrops Keep Fallin' On My Head(머리 위에 떨어지는 빗방울)', 우순실의 '잃어버린 우산' 등 주옥 같은 음악을 들으며 위로받았다.

안개비가 하얗게 내리던 밤

그대 사는 작은 섬으로 나를 이끌던 날부터

그대 내겐 단 하나 우산이 되었지만

지금 빗속으로 걸어가는 나는 우산이 없어요.

- '잃어버린 우산' 중에서, 우순실 -

학창 시절 많이 읽었던 연애소설 영향인지 20대의 사랑은 뜨거웠다. 20대 사랑은 라면이 양은 냄비에서 펄펄 끓는 것보다 뜨거웠다. 이별의 아픔도 그만큼 컸다. 헤어지고 비가 오는 날이 되면 폭우처럼 내리는 여름 장맛비도 아랑곳하지 않고 걸었다. 다음 날 내 몸은 뜨거운 냄비처럼 열이 올랐다. 며칠을 앓고 나면 장맛비가 뜨거운 지열을 식히듯 몸의 열은 조금씩 내렸다. 그러나 지금은 그렇지 않다. 비 오는 날이 되면 지난 날 뜨거운 사랑 이야기보다 꿉꿉한 빨래 걱정이 더 크게 다가왔다.

인생은 연극

셰익스피어는 "인생은 무대 위, 한 편의 연극이다."라고 했다. 한때의 아팠던 연애 사건도 인생 무대 저 귀퉁이에 꼭 있어야 할 소품이 되었다. 뜨거웠던 20대가 지나고 중년이 되었다. "세월이 약"이라는 말이 모든 사람에게 특효약은 아니었다. 힘든 사춘기를 보냈던 나에게 사춘기보다 힘든 사추기(思秋期)가 왔다. 원래 예민한 성격이 더 예민해져 사소한 일에도 짜증이 났다. 어제 했던 일도 기억나지 않으며 집중력도 떨어졌다. 날씨가 흐리거나 비라도 내리면 증상이 더 심해졌다. 집에 콕 박혀 먹지도, 잠도 자지 못했다. 자신을 붙들기 위해 안간힘을 쓰며 합창단 활동을 시작했다.

합창 활동은 연습이 우선순위인데 주객전도(主客顚倒)되었다. 연습보다 연주여행이 더 즐거웠다. 그때가 언제였을까? 섬진강으로, 태백으로 음악 여행을 다녔다. 마산에 계시던 원장님이 '내 마음의 노래' 합창 단원들을 소담 수목원으로 초대했다. 차 안에서 우리는 수학여행 가는 학생처럼 들떠 있었고 누군가 선창하면 자연스럽게 하나둘씩 따라 불렀다. 창밖에는 가을비가 내리고 있었고 우리가 부르는 노래는 자연스럽게 4부 합창이 되었다.

소담수목원에 도착한 우리는 총연습을 마치고 지휘자님의 반주에 맞춰 가곡, 가요, 요들송 등 지휘자님의 반주에 따라 불렀다. 흥이 가라앉지 않은 우리는 마당에 모닥불을 피웠고 그 주위에 빙 둘러섰다. 단원 한 분이 가져온 기타에 맞춰 밤늦게까지 노래 부르고 이야기했다. 늦은 밤이어서인지 부슬비가 밤이슬처럼 내렸다. 그때의 가을비는 아름다운 추억이고 행복이었다.

빗소리

그러나 중년이 지나며 여름비든 장맛비든 가을의 이슬비든 비가 싫어졌다. 젖은 옷의 축축한 느낌이 싫고, 추적추적 내리는 비는 기분을 바닥으로 가라앉게 해 싫었다. 그러나 지난날 추억과 행복의 느낌이 가끔 그리울 때도 있다. 싸늘한 감촉의 가을비 내리는 날이면 가끔 커다란 우산을 들고 집을 나선다. '아! 이건 뭐지?' 따뜻하게 옷을 챙겨 입은 탓인지, 아니면 나이가 주는 여유 때문인지 기분이 축축하지도 않다. 몸이 가라앉지도 않고 도리어 우산 위로 떨어지는 빗소리가 정겹게 들렸다.

　나이가 적당히 든 요즈음, 차분하고 조용한 가을비가 유난히 마음속으로 파고드는 것은 왜 그럴까? 12마리 동물로 상징되는 12간지를 몇 바퀴 돌아 이 자리에 서 있다. '인생살이가 별건가?'라는 생각이 든다. 폭우처럼 쏟아졌던 장맛비는 방황하는 나를 멈추게 했다. 추억 가득한 가을 보슬비는 각박한 현실에 부대끼며 살 때 위안이 되었다.

　자신의 인생 무대는 자기만의 방법과 색깔로 가득 채우면 된다. 내 인생의 남은 시간, 인생 무대에서 알록달록한 옷을 입은 피에로가 되기도, 찰리 채플린, 미스터 빈이 될 수도 있다. 누가 뭐라든 신경 쓰지 않아도 된다. 내 인생 무대의 주인공은 나이니까.

촉촉히 내리는 가을비를 맞으며

얼마만큼의 삶을

내 가슴에 적셔왔는가 생각해본다.

- 「가을비를 맞으며」 중에서, 용혜원 -

브라보 마이 라이프

자신의 인생 무대는 자기만의 방법과 색깔로 가득 채우면 된다.
내 인생 무대의 주인공은 나이니까!

_____

_____

_____

_____

_____

_____

_____

7

10월의 마지막
밤

봄은 여자의 계절, 가을은 남자의 계절이라고 한다. 그러나 이 말은 맞을 수도 틀릴 수도 있다. 최소한 나에게는 틀린 답이었다. 봄날의 밝은 햇살, 폭발할 것처럼 뜨거운 햇볕도, 짙은 초록의 울창한 나무숲도 나는 버거웠다. 그래서인가? 초록 나뭇잎이 갈색 잎으로 변하고 낙엽이 되어 떨어질 즈음인 가을, 시월이 되면 힘든 가을 앓이를 한다.

나는 추위를 엄청 많이 탄다. 겨울이 되면 옷을 겹겹이 입어 두툼해진 옷 때문에 겨드랑이가 붙지 않는다. 옷을 잔뜩 껴입은 모양새가 곰 같았다. 겨울이 되면 깊은 동굴에서 겨울잠 자는 곰처럼 내 마음도 어두워졌다. 겨울 옷장 속 의상은 대부분 어두운 무채색이거나 차분한 색이었다. 옷이 사람의 심리를 나타내며 자신을 그대로 드러내는 거울과 같다는 말이 생각난다. 그때는 그랬으니까.

12월이 지나면 새해 달력을 만나게 된다. 그림이 마음에 드는 달력을 찾아 한 장 한 장 뒤적인다. 달력 시월 페이지에 눈이 멈추었다. 불타는 붉은 단풍잎, 앙상하지만 멋스러운 바닥에 널려 있는 낙엽 사진이다. 그림을 보니 가슴이 콩닥거리며 아프다. 빨리 한 장 넘겨 다음 장 달력을 본다. 늪 속을 허우적거리며 방황하던 때가 주로 가을이었다. 친구 문제. 불확실한 미래, 이별 등 작은 것에서도 상처받았다. 견딜 수 없이 고통스러웠다. 음악에 미쳐보기도, 종교에 빠지기도 했던 나의 20대.

70년대에는 10월 1일 국군의 날도 빨간 공휴일이었다. 국군의 날, 개천절, 한글날, 주말까지 잘 계산하면 일주일 정도 여행하기에 안성맞춤이었다. 공휴일이 많아 즐겁고 신나는 10월이 나는 왜 그리도 아팠을까? 핑계일지도 모른다. 마음이 아프다는 핑계로 10월이 되면 절로 산으로 여행을 떠났다.

방황하던 20대의 10월의 어느 가을날, 한 남자를 만났다. 그 남자를 만나며 조금씩 마음의 안정을 찾으며 사랑했다. 조금씩 나아지기도 했지만 묵직한 것이 가슴속에 매달려 있는 건 여전했다. 위로해줄 사람에게 기대고 싶었다. 10월 9일 송광사에서 만난 그 남자와 2~3년 사랑을 키워 10월 마지막 전날 결혼했다. 결혼과 함께 시월의 열병이 사라진 줄 알았다. 그러나 그건 나만의 착각이었다. 이유를 알 수 없는 마음의 가을 앓이는 몸의 병으로 나타났다. 남편이 고쳐주었거니 생각했던 '시월의 병'은 재발되었다. "지금도 기억하고 있어요. 10월의 마지막 밤을~~~" 이용의 '잊혀진 계절'을 불렀다. 또한 오카리나로 수십 번 불어도, 불면 불수록 외롭고 쓸쓸했다. 시월 병은 중년이 훨씬 지날 때까지 나를 괴롭혔다.

나는 10월에 태어났고, 10월에 남편을 만나 같은 달 30일에 결혼했다.

– 10월의 탄생석: 오팔(opal)은 색이 둥둥 떠다니며 놀고 있는 것처럼 보여 '색의 유희(play of color)'라 부른다.
– 상징 의미: "희망과 청순, 신과 사람의 사랑"

그리스 시대에는 '사랑과 로맨스를 상징하는 보석'으로 여겼다.

바바리를 유난히 좋아하던 남편도 남자라는 사실을 깜빡 잊었다. 남성은 '가을'(44.7%), '겨울'(40.8%), '여름'(7.9%), '봄'(6.6%) 순으로 외로움을 느낀다고 한다. 한림대 정신건강의학과 이병철 교수는 "일반적으로 남자들이 가을을 많이 타는 것으로 알려졌다. 하지만 실제로는 계절성 우울증은 여자들에게서 더 많이 발생한다."라고 설명한다. 척~의 대왕인 남편도 가을 남자인 척 바바리 깃 세우고 바람 부는 덕수궁길을 걸을 것이다. 친구들과 어울려 술잔을 부딪치며 바람결에 뒹구는 낙엽처럼 밖으로 돌고 있을 것이다. 너도 그렇고 나도 그렇고, 많은 사람은 가을이 되면 기분이 우울하고 꿀꿀해진다.

"일조량 변화와 관련이 있다"는 기사를 본 적이 있다. 낮이 짧아지는 시기라서 기분이 다소 울적해지고 의욕이 줄어들기 때문에 가을 여행이나 가벼운 등산이 좋다. 나이를 먹어감에 따라서 점점 감소하는 경향이 있다고 한다. 나이를 맞이할 수밖에 없는 슬픈 일이지만 많이 걱정하지는 않아도 된다.

십여 년 전부터는 10월의 감정이 무뎌졌다. 피가 흘렀던 상처에는 딱지가 흔적으로 남아 있다. 새살은 돋았으나 지금도 가끔 그곳이 얼얼하다. 몇 년 전부터 시월이 가기 전, 시간을 잡아 나만을 위해 하루 이틀 정도 여행을 떠난다.

새 달력을 볼 때마다 힘들고 쓸쓸했던 시월이 생각난다. 그러나 그건 이미 지나간 시간. 나에게 다가올 10월은 탐스러운 열매 가득한 시월이 될 것이다. 꼭~ 짚어 말할 수는 없지만 좋은 느낌이 든다. 하늘을 쳐다보며 큰 소리로 하하하 웃는 내 모습을 그려본다. 사골을 푹~ 고아 우린 뽀얀 국물처럼 누군가에게 몸과 마음을 채워줄 수 있는 삶을 살고 싶다. 고치가 허물을 벗듯 자신의 약점을 벗고 약점을 강점으로 만드는 용기가 필요하다.

한때는 나에게도 그런 날들이 있었지
예고 없이 다가온 소나기 같은 사랑은
피할 수도 없이 모두 적셔 두고
구름 사이로 미소 짓는 태양처럼 시치미를 떼었었지

- 「가을비」 중에서, 최다원 -

브라보 마이 라이프

시월의 가을 앓이를 중년이 지날 때까지 했다. 그건 이미 지나간 시간.
다가올 시월은 탐스러운 열매 가득한 시월이 될 것이다.

_____

_____

_____

_____

_____

_____

_____

_____

나는 믿어요, 지금 흘러내리는 눈물 눈물마다
새로운 꽃이 피어날 것을
그리고 그 꽃잎 위에
나비가 찾아올 것이라는 것을
나는 믿어요, 영원 속에서 나를 생각해주고
나를 잊지 않을 누군가가 있다는 것을

'L'Immensita (눈물 속에 피는 꽃)' 중에서,
밀바

4장

장미

-

열정적인
기억

1

어깨 너머에서 얻은
순간의 선택

어제도 그제도, 오늘처럼 아지트 같은 일터에 갔다.

생업과 연결된 게 아니면 부담 없이 즐기며 편하게 할 수 있는 피아노 가르치는 일.

"아랫돌 빼서 윗돌 고인다"는 속담처럼 한때 배운 실력으로 계속 돌려막기로 아이들을 가르쳤다. 모든 면에서 다른 학원과 차별성도 없었다. 도돌이표처럼 출퇴근을 반복하는 자신이 한심스럽고 무능하게 느껴졌다. 스스로 자기 합리화시켰다. '신경 쓰지 마, 그렇게 사는 사람들도 많아.'라며…. 그래도 2%쯤 뭔가 모르는 갈증은 가시지 않았다.

이런 마음을 알았는지 친구가 실용 반주 상담 간다며 같이 가자고 했다. 호기심 가득한 나는 실용 음악학원 원장실 안에까지 뻔뻔하게 들어갔다. 친구 상담 내내 내 눈은 반짝거렸다. 더구나 교수님의 야마하 피아노에서의 즉석 연주는 내 귀를 호강시키기에 충분했다. 귀에 익은 곡에 다른 리듬을 입혀 그네를 타는 듯 출렁거렸다. 심장이 콩닥콩닥 뛰었다.

아줌마이며 엄마인 나, 30분 레슨을 위해 5만 원의 거금을 자신에게 투자한다는 것은 대단한 용기가 필요했다. 이것저것 생각할 겨를도 없이 등록했다. 수업료를 내는 순간 황홀한 환상에 빠졌다. 2~3년 후 멋진 재즈곡을 연주하는 내 모습이 클로즈업되었다.

즉흥적이라 생각했던 순간의 선택은 내 안에 숨어 있던 첫 번째 작은 불씨가 되었다.

매주 수요일 오전 9시 수업을 듣기 위해 7시 30분에 집을 나서야 했다.

출근길, 미어터질 듯 빽빽한 지하철 1호선을 타고 도착한 강의실 앞. 30분은 후딱 지나갔다.

수업을 마치고는 헐레벌떡 일터로 돌아와 김밥 한 줄로 점심을 해결했다. 이렇게 7~8년이란 시간이 흘렀다. 결혼 후 처음으로 나를 위한 투자였기에, 무엇 하나라도 놓치고 싶지 않았다.

저녁 식사 후 가족들은 각자의 방으로 들어갔다.

저쪽 거실의 한쪽 구석, 욕실 앞에 놓인 디지털 피아노 앞에 앉았다.

자그마한 의자에 앉아 헤드폰을 쓰고 밤늦게까지 연습했다. 하얗고 까만 건반을 통해서 전해지는 연주 소리에 빠져들었다. 정신을 차리고 시계를 보면 거의 새벽 한두 시가 되었다.

한두 곡 정도만 멋지게 연주하고 싶었던 작은 소망. 그런데 시간이 흐를수록 부족한 실력이 자꾸 거슬리는 건 왜 그럴까? 이런 걸 중독이라고 하는 건가?

나이 들어 시작한 도전이라 쉽고 만만한 것은 아니었다. 바쁜 와중에 매주 2~3분의 선생님들과 주말 스터디를 했다. 지금 생각해 봐도 그러한 에너지가 어디서 생겼는지 이해가 되지 않는다. 하지만 순간 포착한 나 자신이 멋져 보였다.

팔이 상할 정도로 피나게 연습하며 몸으로 터득한 쉬운 교수법. 그 방법으로 초등학생들에게 접목해 가르치기 시작했다. 생각보다 많은 아이가 좋아했다. 주변에 'ㅇㅇ학원은 반주법 잘 가르친다'는 입소문이 나기 시작했다. 나 자신을 위해 열심히 했는데 그 혜택이 아이들에게도 전해지니 보람되고 뿌듯했다. 먼 곳에서 오시는 원장님들께 맞춤형 개인지도를 했다.

가르치며 또 다른 방법을 터득했으니 가르치며 배운 것이다. 받은 레슨비는 나의 레슨비가 되어 더 오랫동안 교수님께 배울 수 있었다.

잠자는 시간조차 아껴가며 무리했던 이유 때문일까? 손가락에 이상이 생겼다. 통증으로 건반을 누를 수가 없다. 엄지손가락 연골이 많이 닳아서 그렇다고 했다.

엎친 데 덮친 듯 두 팔에 번갈아가며 테니스 엘보가 생겼다. 연주하는 즐거움보다 팔의 아픔이 더 크게 다가왔다. 눈앞에 푸른 들판의 향기가 느껴지는 'Green Fields(그린 필즈)', 끈적끈적한 사랑의 느낌이 나는 'When A man Loves A woman(남자가 여자를 사랑할 때)'을 얼마나 즐겨 연주했던가.

그러나 지금은 그때 배웠던 곡을 연주 대신 음악으로 들으며 재즈 바 분위기에서 글을 쓸 때도 있다. 손가락과 아픈 두 팔 때문에 연주하지 못한 지 십 년이 훨씬 지났다. 그 대신 배웠던 다양하고 많은 곡을 지금도 즐겨 듣는다. 생각해보면 "친구 따라 강남 간다."라는 속담과 같이 찾아갔던 실용음악 학원은 따뜻했으며 나를 깨우기에 충분했다.

그 이후부터는 하고 싶은 것들이 생기면 피하지 않고 부딪쳤다. 잘해야 한다는 결과에 연연해하지 않았다. 배우는 과정을 즐길 줄 아는 여유가 생긴 것이다.

오늘도 에세이 글쓰기 반에서 보약 같은 스트레스를 즐기고 있다

열정이 세상에 나와 부딪치고 깨지는 과정에서 자존심 상하고 고통스러울 때도 있었다. 그 대신 세상을 살짝 비틀어 볼 수 있는 눈이 생겼고 작은 자신감을 얻었다.

소심하고 부정적이었던 나는 조금씩 긍정적으로 변하고 있었다.

그래서 퇴직한 지금, 적당히 나이 든 나를 좋아한다!

[열정의 조각들, 피아노 악보]

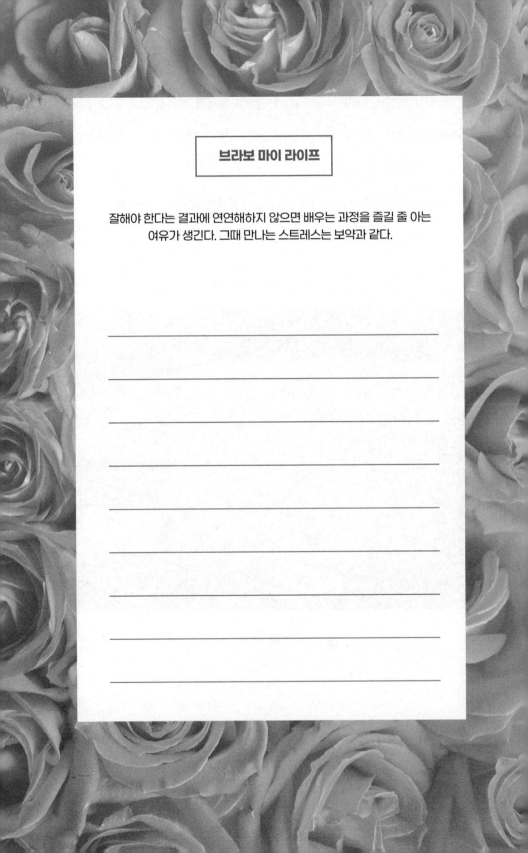

브라보 마이 라이프

잘해야 한다는 결과에 연연해하지 않으면 배우는 과정을 즐길 줄 아는
여유가 생긴다. 그때 만나는 스트레스는 보약과 같다.

지질한 내가 싫다,
그러나 사랑한다

내성적 성격

사람이 가진 천성(天性)은 말 그대로 하늘이 내린 성품을 뜻한다. 타고난 성격은 계속 발달하고 변화하기 때문에 의지와 노력으로 변화시킬 수 있다고 한다. 그래서 "성격은 바뀌지 않는다."라고 말하는 말은 반은 맞고 반은 틀렸다. 남 앞에 서는 걸 두려워하고 소심하며 열등감까지 많은 내성적인 내 성격 때문이다.

성격을 고치기 위해 의식적으로 에너지 넘치는 사람과도 만났다. 외향적인 그들과 함께 있으면 몸에 맞지 않는 옷을 입은 것 같았다. 불편한 적도 있지만 기분은 좋아졌다. 의지와 노력으로 무대에서 연주하고, 취미가 비슷한 사람들과 커뮤니티 활동했다. 아는 분이 나에게 "인싸 아닌가요?"라고 했다. "아닌데~"라고 대답했지만, 기분은 좋았다. 내 성격이 정말 바뀐 줄 알았다. 그러나 그것이 어떤 상황에 부딪히자 숨어 있던 썩은 치아처럼 밖으로 나왔다.

나를 찾아서

6~70년대만 하더라도 남아선호사상이 심했고 아버지들은 권위적이었다. 아들은 공부해서 출세해야 하고, 딸은 적당할 때 '시집가면 된다'라는 분위기였다. 소극적이고 내성적인 내 성격은 그 시절엔 안성맞춤이었다. '아니요.'라는 주장을 내세워본 적도 없고, 시키면 항상 '네.'라고 대답했다. 어른들이 말하는 소위 말 잘 듣는 착한 딸이었다. 본래 내 모습이 어떤 모습인지 알려고 하지는 않았다.

엄마는 재주 많고 생각도 열린 분이었다. 그런 엄마가 기도 펴지 못하고 살림만 하는 게 답답해 보였다. 엄마처럼 살고 싶지는 않았다. 스무 살이 되면서부터 뚜렷한 목표는 없었지만, 항상 무엇인가를 배웠고 바빴다. 왜 그랬는지 결혼한 후에야 그 이유를 알았다.

자신의 가치를 높이기 위해 열심히 살아가는 세상 사람들을 보았다.

그들을 보며 내 속에서 발버둥치며 안간힘을 쓰는 나를 보았기 때문이다. 만두를 빚기 위해 밀가루로 반죽하듯 나 자신을 쪼물거렸다. '진짜 나, 참된 나'를 만들기 시작했다. '나'라는 만두피 속에 맛있고 알찬 재료를 담기 시작했다. 참으로 오랜 시간이 걸렸다. 썩 마음에 들지는 않지만 조금씩 달라지는 모습이 좋았다.

낭독극

끝없는 호기심으로 낭독극이라는 새로운 장르에 도전했다. 낭독극이란 시를 낭송하거나 소설의 한 구절을 읽듯 대사를 주고받으면 된다. 그냥 열심히 하면 되는 줄 알았다. 그것은 혼자만의 착각이고 허상이었다. 세상에 쉬운 일은 하나도 없었다. 쉽다고 생각한 것은 오만이고 착각이었다.

태어날 때부터 익힌 억센 사투리가 걸림돌이었다. '괜찮으니 책 읽듯 해도 된다'고 하지만 신경이 쓰였다. 옆을 쳐다봐도 앞자리에 있는 사람을 봐도 나만 빼고 다 잘했다. 개성 있는 목소리를 가진 사람도 있었고, 대사에 맞게 한껏 끼를 부리는 사람도 있었다. 내 입을 통해서 흘러나오는 사투리는 더 강하고 세게 들렸다. 두세 달 뒤에 낭독극 발표해야 했다. 대본 제목은 "빨래방 소동"이었다.

[낭독극- "빨래방 소동"]

소동

셀프 빨래방은 혼자 사는 1인 가구가 많이 사용한다. 3~4인 가구도 습한 여름철에는 빨래가 잘 마르지 않아 빨래방을 이용해, 그곳에서 벌어지는 에피소드로 구성되었다. 빨래방에서 일어나는 티격태격하며 벌어지는 일이다. 사람 냄새 나는 이야기라 처음에는 좋았다. 연습 때는 배역을 번갈아 가며 대본을 읽었다. 그중에 가끔 끌리는 배역도 있었다. 자신에게 맞는 배역으로 연습하면 재미도 있었다. 색다른 매력에 빠질 것 같았다.

'명애' 역을 맡았고, 인물 파악조차 하지 못한 나는 힘들었다. 무대에

오를 날은 한 달도 채 남지 않았고 연습도 충분하지 않았다. 등장인물 '명애'는 자신감도 없고 주눅 들어 본인 의견도 내지 못하는 사람이었다. 꼬인 듯 세상을 향해 악쓰는 그런 사람이었다. 명애처럼 고함을 지르지는 않았지만 어쨌든 예전의 나를 보는 것 같다. 지난날의 나로 다시 변할 것 같아 두려웠다. 연습 날이 다가오면 쉬 마려운 아이처럼 갈까 말까 어쩔 줄 몰라 했다.

그때쯤 시모상을 치르는 과정에서 조카가 코로나19에 걸렸다. 밀접 접촉자로 분류되어 외출금지령이 떨어졌다. 자가 격리에 들어갔고 자연스럽게 연습에 참여하지 못했다. 천만 중 다행…. 마지막 총연습 날 참석하라는 연락은 받았지만 당당하게 'NO'라고 대답했다.

"시작할 수 있는 용기와
끝낼 수 있는 마음을 가지세요."

- 제시카 NS 유르코 -

새로운 도전인 낭독극. 등장인물의 성격에 밀려 도중하차한 나, 변변찮게 극복하지 못하고 도중하차한 '지질이'로 표현했다. 작품 속 등장인물의 다양한 인생도 살고 싶었다. 그러나 아니다 싶은 건 미련 두지 않아야 한다. '떠날 때는 말없이'라는 박인희 노래 제목이 생각난다. 낭독극 기회를 팽개치며 떠나는 내가 밉고 싫지만 어떡하겠는가. 그러나 그것도 잠시뿐이었다.

인생 만두 속에 맛있고 알찬 재료를 채우기 위해 얼마나 많은 시간을 투자했는가. 나만의 향과 맛이 제대로 나려는 순간, '하나만 더'라는 욕심이 그 시간을 망치고 말았다. 과욕은 금물이라는 말이 생각났고, 내 것이 아닌 건 미련 없이 던졌다. 가진 것에 감사하며 무언가를 더 채우기보다는 가지고 있는 것을 지키기로 했다. 주무르고 치대다 보면 차지고 말랑말랑해질 것이다. 지금의 나도 사랑한다. 멋과 맛이 어우러진 미래의 나도 사랑할 것이다. 나는 나를 사랑한다. 그 누가 나보다 더 나를 사랑할 수 있을까?

"행복은 우리 자신에게 달려 있습니다."

- 아리스토텔레스 -

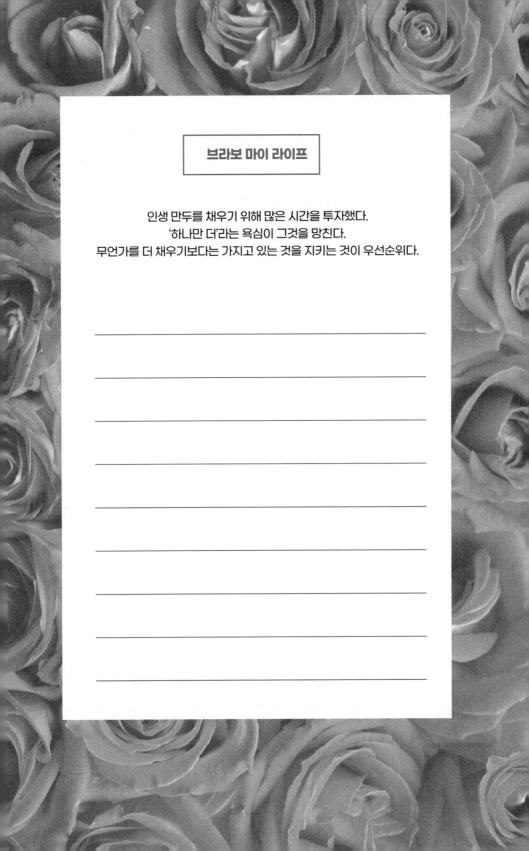

브라보 마이 라이프

인생 만두를 채우기 위해 많은 시간을 투자했다.
'하나만 더'라는 욕심이 그것을 망친다.
무언가를 더 채우기보다는 가지고 있는 것을 지키는 것이 우선순위다.

3

깜지노트, 엄마는 50이
되어서야

아침에 눈을 뜨고 바깥을 보면 태양은 어제와 같이 오늘도 그 자리에 있다. 어제도 엊그제도 오늘과 비슷한 일상의 오전 시간을 보냈다. 배부른 소리라고 누군가 욕을 할지도 모른다. 그렇게 매번 반복되는 생활에서 탈출하고 싶었다. 모든 일에서 손 놓고 도망치고 싶었다. 나만의 공간에서 하고 싶은 무언가에 푹 빠져 미친 듯 살고 싶었다. 그래서 자신에 대한 도전으로 시작한 방송통신대학 문화교양학과.

과목당 몇 시간 출석 수업을 제외하고 모든 수업은 온라인으로 진행되었다. 컴퓨터 사용법에 무지한 나에게는 무모한 도전이나 다름없었다.

장님이 코끼리를 더듬듯 하나하나 배워야 수강 신청을 할 수 있었다. 다른 동기들보다 몇 배의 노력이 필요했다. 듣고 싶은 과목은 신청 시간이 되자마자 몇 초 만에 바로 마감되었다. 할 수 없이 아들 손 빌려 수강 신청을 한 때도 있었다. 과제물과 중간고사라는 말도 참으로 오랜만에 접해보는 단어였다. 도서관에서 필요한 책을 수북하게 빌려왔다. 주말이면 도서관에 앉아 과제물을 작성하기 시작했다. 하다가 모르면 아들들한테 묻고 또 물으며 한 줄 한 줄 채워나갔다. 리포트 작성도 오랜만에 하는 작업이라 어려웠다. 메일 보내는 것을 몰랐으니 온라인 제출법도 당연히 몰랐다. 미안하지만 아들 손을 빌렸다. 얼마 지나지 않으면 금방 기말고사. 온라인 강의야 들었지만 한두 번의 강의만으로 시험을 치를 수는 없었다. 그 정도로 내 머리가 명석한 건 아니기 때문이다. 가방을 챙겨 도서관으로 향했다. 눈은 책을 보고 있는데 머릿속은 잡념으로 가득 찼다. 아들이 중학생일 때, 시험 기간만 되면 하던 무모하게만 보였던 일. 공부하는지 낙서하는지, 공책에 무언가를 빽빽하게 적는 걸 본 기억이 났다. '깜지노트.' 아들이 깜지 할 때 비능률적이고 둔하다고 핀잔주었는데….

궁하면 통한다는 '궁즉통.' 학생 때도 해보지 않았던 적고 또 적어 공책이 까매지는 깜지를 하기 시작했다. '50이 지난 나이에 도대체 뭐 하는 짓인가?'라는 생각이 들었다. 계속 쓰고 또 쓰니 빈 노트는 조금씩 조금씩 까맣게 채워졌다. 까매진 종이 숫자만큼 많은 내용이 머릿속에 저장된 건 아니었다. 드디어 기말시험 날이 되었다. 학습관 근처 중 · 고등학교 교실에서 학생들이 등교하지 않는 주말에 시험을 치렀다. 시험과목이 몇 개 되는 날은 오전부터 마지막 시간까지 있어야 했다. 노안에 접어든 눈은 오후가 되면 흐릿해져 앞이 잘 보이지 않았다. 체력이 떨어진 마지막 시간에는 집중도 되지 않았다. 드디어 시험 끝!

주섬주섬 가방을 정리하며 교실에서 나오는 분들과 이야기를 나누었다. 그곳에서 만난 늦깎이 대학생들은 나보다 훨씬 더 열심히 치열하게 살고 있었다. 우물 안 개구리였던 내 고개는 자연스럽게 숙여졌다. 며칠이 지나서 올라온 성적은 너무나 겸손했다. 가정과 일, 공부를 병행한다는 것은 정말 힘들었다. 그나마 시간과 잠을 줄여가며 시작한 깜지노트, "노력은 배신하지 않는다."라고 했는데 성적은 제대로 나오지 않았다. 포기하고 싶었다. 시켜서 시작했으면 큰소리 뻥뻥 치며 당장 때려치웠을 것인데 말이다. 계절학기 시험을 마친 후, 연세가 지긋한 4학년 선배님과 이야기하게 되었다. "다음 학기에 휴학하고 싶다."라고 했더니 한사코 말렸다. 2학년까지만 견디면 괜찮을 것이라고⋯. 그분 말 때문은 아니지만, 다음 학기에 또다시 등록했다. 역시 고행 같은 나의 일상은 시작되었다. 깜지노트도 차곡차곡 쌓여갔다.

그런데 웬일인가? 지금까지 전혀 느끼지 못했던 재미가 느껴지기 시작했다. 졸업이 가까워졌다. "공부가 재밌지 않니?"라던 대학생 작은오빠의 말이 생각났다. 그때는 공부가 재미있다고? 웬 개뼈다귀 뜯어먹는 소리인가 했다. 그런데 나이 50이 된 지금에야 그 말의 뜻을 알 것 같았다. 죽을 때까지 알지 못했을 이 맛, 처음 맛본 공부의 즐거움. 졸업과 동시에 멈추어야 하는 것은 아니다.

무모한 도전 같았던 온라인 강의, 맨땅에 헤딩하는 것이나 다름없었다. 시험이 가까워지면 돌리고 또 돌리며 반복 강의를 들었다. 짬짬이 참여했던 복지관 배식 봉사. 시작이 반이라더니 세월은 흘러 4년하고 한 학기가 되었다. 드디어 졸업. 한 장의 졸업장보다 새로운 도전으로 내가 어떤 사람인지 알고 싶었다. 성적이 좋다 나쁘다는 것보다 포기하지 않고 끝까지 완주함에 방점을 찍었다. 방·통이라는 연결고리로 만난 많은 사람. 일과 학업을 병행하는 그들은 생활력도 강했고 배움에 대한 열정도 끓어 넘쳤다. 그들을 통해서 배우며 느낀 것이 더 많았다. 육체의 나이는 들었으나, 정신과 마음은 젊고 건강하며 의욕적이었다.

예상하지 못한 코로나19로 3년이라는 시간이 지났건만 여전히 불안하다. 그러나 언젠가는 곧 사라질 것이다. 잘 견디고 있는 우리 모두에게 '참 잘했어요' 도장을 찍어주고 싶다.

브라보 마이 라이프

무언가에 푹 빠져 미친 듯 살고 싶어 시작한 도전, 내가 어떤 사람인지
알고 싶었다. 포기하지 않고 끝까지 완주함에 방점을 찍었다.

_____

_____

_____

_____

_____

_____

_____

깜빡거리는 배터리
한 칸

머리가 깨질 듯이 아프다. 가끔 편두통이 있었지만, 오늘처럼 심하진 않았다. 지난해부터는 가끔 정신이 몽롱할 정도로 아팠다. 하고 싶은 일보다 해야 할 일에 쫓겨 나를 다그쳤다. 피로는 내 안에 차곡차곡 쌓였다. 에너지는 조금씩 고갈되었고 방전되기 시작했다. '열심히 살자, 할 수 있다.'라는 말로 나 자신을 세뇌했다. 몸과 마음에 이상 신호가 왔다. 의사 선생님은 짧은 휴식이 아닌 긴 요양을 권했다.

몸은 물먹은 솜처럼 무거웠다. 누구를 만나는 것도, 일할 의욕도 나지 않았다. 그냥 어디로 훌쩍 떠나고 싶었다. 그러나 나에게는 그럴 용기가 없었다. 친구는 말했다. 뭐가 모자라서 그렇게 사냐고, 위축된 그런 나를 이해할 수 없다고 했다. 깊숙이 숨어 있던 묵은 열등감 때문일까? 노력해서 목표치에 가까워져도 불안했다. '조금만 더' 해야 했고 계속해도 만족감은 느껴지지 않았다.

그것을 극복하기 위해 자학에 가까울 정도로 자신에게 엄격한 기준을 세웠고, 끊임없이 공부했다. 아이들에게도 좋은 엄마보다 지혜로운 엄마가 되고 싶었다. 괜찮은 아내도 되고 싶었다. 최선을 다하며 오늘 이 자리에 서 있다. 그런데 요즈음 눈물이 자주 난다.

사랑했고 함께하고 싶었던 동반자인 남편. 우리는 성격, 생활 방식 등 많은 것이 반대색에 가까웠다. 모자란 부분을 서로 보완하면 잘 어울릴 것 같았다. 우리 둘은 모두 고집도 세고, 개성도 강하다. 서로에게 양보하지도 보완하지 않는 우리는 어울리지 않는 옷이었다. 오래 전 부터 아름다운 노년을 생각했다. 서로 의지하며 가려운 곳 긁어주며 비슷한 곳을 바라보는 동반자 관계. 빨리 가려는 남편과 손잡고 천천히 가자는 나는 밸런스(balance)가 맞지 않았다. 남편의 속도를 맞추지 못한 나는 남편의 손을 놓았다. 그리고 남편 뒤를 숨 가쁘게 쫓아갔다. 두 손 꼭 잡고 이 세상 끝까지 함께 가려고 한 건 나만의 욕심이었다.

활동적이고 대인관계도 좋은 남편은 갈 곳도 많고 찾는 사람도 많았다. 발가락에는 물집이 생겼다. 새로 산 지 얼마 되지 않은 구두 밑창은 바깥쪽으로 비스듬히 닳아 있었다. 그러나 나는 달팽이처럼 주위를 살피며 조금씩 조금씩 쉬지 않고 움직였다. 한 번씩 감정이 훅훅 올라오기도 한다. 하지만 나는 대체로 조용하고 차분한 성격이다. 완전 반대인 다혈질이며 활동 반경이 넓은 사람과 산다는 게 내게는 너무나 버거웠다. 같은 공간에 있어도 항상 외로웠다. 남편은 옆에 있는 한 사람의 투명 인간이었다.

번 아웃

목표물을 향해 토요일도, 일요일도 없이 나는 쉬지 않고 달렸다. 다혈질 남편과 이십여 년을 살다 보니 목소리는 점점 커졌다. 내 주장은 더 강해졌고 투덜이로 변했다. 마트나 은행에 가서도 모르는 것은 물었고 아니라고 생각하는 것은 따졌다. 세상에는 이치에 맞지는 않는 게 너무 많았다. 묻고 따지니 여기저기에서 부딪치는 일도 많았다. 싸움닭으로 변한 그런 나를, 스스로도 이해할 수 없었다. 순둥이였던 내가 싸움닭으로 변했다. 부딪치면 부딪칠수록 에너지는 급속도로 방전되었다. 방전된 핸드폰은 충전하면 처음처럼 사용할 수 있다. 그러나 나는 진정성이 빠진 휴식과 충전이라는 흉내만 내었다. 미처 채우지 못한 에너지를 아슬아슬하게 움켜잡고 버텼다. 25년 동안 생업이 되어버린 음악 선생님 자리. 아이들과 함께한 시간은 소중한 추억이 되었다. 정든 아이들과의 이별이 아쉬웠지만 남은 내 삶도 궁금했다. 퇴직 2~3년 전부터 멋지고 멋진 나를 상상하며 시간과 열정을 쏟았다.

퇴직 후에는 나를 위한 활동 범위도 넓혔다. 음악학원 원장뿐 아니라 다른 분야의 사람들을 만났다. 욕심 부린 게 화근이 되었다. 두세 개 스케줄을 치르고도 하루 이틀 쉬고 나면 체력이 회복되었는데 이제는 그렇지 않다. 활동 반경이 넓어질수록 내 몸은 수명이 다 되어가는 핸드폰 배터리처럼 충전해도 금방 방전되었다. 열정을 완전히 태우기도 전에 에너지는 소진되었다. 배터리가 깜박거리며 곧 꺼질 것 같다. 깊은 곳에 남아 있을지도 모르는 불씨를 찾기 위해서 얼마나 많은 시간을 투자하고 노력했던가.

자신을 내려놓는 것만이 내가 살 수 있는 길이라는 걸 이제야 알았다. 깜박거리는 남은 배터리 한 칸을 사용하기보다 채우기로 했다. 마음을 내리고 욕심을 버려야 한다. 그러면서 에너지를 채워야 하는 아이러니한 일이 생겼다.

충전하기

깊게 호흡하고 그 호흡의 흐름을 느꼈다. 하루 10분이라도 사색하며 뒷산을 걸어보는 것도 좋았다. 마음이 통하는 친구와 만나 힐링 수다 떠는 것도, 내 마음을 바라볼 수 있는 시를 읽는 것도 좋았다. 어두컴컴한 영화관에서 혼자 조조 영화를 보는 것도 하나의 방법이었다. 눈을 조금만 돌려보니 손끝이 닿는 곳의 파랑새를 만날 수 있었다. 오늘은 전원을 끈 핸드폰을 가방 속에 넣고 기차 여행을 하기로 했다.

[친구들과 바다열차를 타고 여행 중 찍은 사진]

60년을 앞만 보고 달렸다. 행복을 느낄 기회를 놓쳐버린 찰나의 시간들, 지난 시간을 후회하면 무슨 필요가 있는가! 놓쳐버린 추억을 지금이라도 하나하나 주워 담으려고 한다. 지난 시간은 몰라서 놓쳤을 뿐이다. 모르는 것은 죄가 아니다. 지금이라도 나를 찾기에 늦지 않다. 배터리의 깜박거림은 멈추기 시작했다. 비어 있던 배터리는 아주아주 천천히 조금씩 채워지고 있다. 그날이 언제가 될지는 모르지만 제2의 나 자신만의 삶을 위해 충전해야 한다. 남은 인생은 갓난아기 다루듯 나를 사랑하며 살아야 한다.

추억 하나를 주워 담으니 배터리의 깜박거림은 멈추기 시작했다.
비어 있던 배터리는 아주아주 천천히 조금씩 채워지기 시작한다.

_____

_____

_____

_____

_____

_____

_____

5

강남에서 돌아온
제비

　25년 이상의 직장 생활보다 살아갈 날이 더 많이 남아 있을지도 모른다. '어떻게 사는 게 잘사는 걸까?' 생각하며 그 '어떻게'를 찾아 인터넷을 뒤졌다. 국악진흥원 홈페이지에 "이야기 할머니 모집" 공고가 올라왔다. 아직 마음은 청춘인데 할머니라는 말이 마음에 거슬렸다. 두 아이의 엄마고, 25년 이상 아이들 가르쳤기에 그 일을 잘할 것 같았다. '도전!'을 외치며 이야기 할머니 서류 작성에 들어갔다. 와~~ 서류 작성이 장난이 아니었다. 이야기 할머니가 되고 싶은 이유, 살아오며 가장 의미 있다고 생각하는 경험을 적고 갖출 덕목까지 적어야 했다. 끙끙거리며 칸을 가득 채워 서류를 제출했다.

새로운 도전

　이야기 할머니 홈페이지에는 전국에서 응시한 5천여 명 중 서류 심사에 통과한 1,000명의 합격자 명단에 내 이름도 있었다. 다음 일정인 면접 날짜가 바로 공지되었다. 면접 날짜와 장소는 따뜻한 봄인 3월 23일, 코엑스 컨퍼런스룸으로 정해졌다. 서류 통과만 했는데 주변에서 축하해주었다. 나도 당연히 합격되는 줄 알았다. 왜냐하면 25년 이상을 아이들에게 음악을 지도했으며, 여러 곳에서 봉사활동 했기 때문이다. 지난해에는 보람 일자리로 어린이집에서 활동했다. 아이들에게 공부와 우쿨렐레를 가르쳤다. 또한 꽃잎 반 아이들에게 주 3회 동화책을 읽어주었기 때문에 맞춤형 이야기 할머니라고 생각했다.

　친구 따라 강남 갔던 것처럼 설레는 마음으로 이야기 할머니 면접장으로 출발했다. 강남 삼성역 코엑스로 갔다. 2호선 삼성역에 도착해 직접 연결된 통로로 들어와 밀레니엄 광장을 지나 스타필드 코엑스몰로 들어섰다. 몇 년 만에 오는 건가? 오랜만에 왔더니 별나라에서 날아온 사람처럼 모든 게 낯설게 느껴졌다. 가게 앞에 진열된 번쩍거리는 화려한 물건을 들여다보니 젊은 기운이 온몸으로 전해졌다. 가게 이름은 뜻조차 알지 못하는 낯선 외국어 이름이지만 호기심 끌기에는 충분했다.

　쇼핑의 유혹을 뿌리치고 이야기 할머니 면접 장소인 컨퍼런스룸으로 갔다. 안내자가 '14기 염해영 할머니'라며 명찰과 간단한 인쇄물, 생수 한 병을 주었다. 받아 들고 대기실 좌석에 앉았다. 20명 남짓한 면접 대기자들이 있었다. 고개를 돌려 어떤 사람이 왔는지 눈으로 쫙~ 스캔했다. 마음은 청춘인 5~60대 아줌마 같은 할머니들, 면접 장소가 젊음의 거리인 강남이어서인지 한껏 멋을 내고 왔다. 발표할 동화 제목과 어울리는 옷을 입고 온 사람도 있었다. 눈처럼 흰 백발 머리칼을 가진 분도 있었다. 인상이 편안해 보여 시골 외할머니 같은 느낌도 들었다.

이야기 할머니

시간이 되자 "함께하게 되어 환영합니다."라는 인사말과 함께 여기 참석한 분들께는 "ㅇㅇ할머니로 호명합니다."라고 했다. 세월을 몇 계단 훌쩍 건너뛴 것처럼 아직은 할머니라는 호칭은 낯설었다. 훌쩍 뛰어온 그곳에는 무엇이 있을까? 단순하게 시간의 흐름인 세월일까, 살아온 삶일까? 건너온 계단 위에는 가족과 나를 지키기 위해 안간힘을 쓴 흔적이 있다. 배우고 도전하며 찍힌 발자국이 있고, 송골송골 맺힌 삶의 땀방울도 있다. 나의 인생 계단에 찍힌 발자국과 떨어진 땀방울은 제2의 나를 탄생시켰다. 시행착오를 많이 겪었다. 그 과정을 겪고 나니 나쁘고 힘든 것보다 좋은 것과 신나는 것이 더 많이 눈에 띄었다. '좋아 좋아'를 연발하니 주위에서 '콜맨'이라 불렀다. 그들이 붙여준 '콜맨'이라는 별명인데 마음에 든다. 나는 call을 자주 외쳤다. 그러나 큰일 앞에서 장사가 없듯 면접관 앞에 서니 손에 땀이 나며 떨리기 시작했다. "장영실", "고구려는 내가 지킨다! 을지문덕", "김성일의 용기는 어디서 났을까?" 3가지 중 한편을 외워서 발표하는 순서다. 시간이 가까워졌고 긴장으로 몸과 입은 굳기 시작했다. 꿈속에서도 줄줄 외웠던 동화 내용이 가물거렸다. 경직된 입을 풀기 위해 입속에 바람을 넣고 개구리 배처럼 만들었다. 그렇다고 긴장이 풀리는 건 아니지만 조금 나을까 해 입안에 바람을 가득 넣고 입술을 부르르 떨었다. 자꾸 잊어버려 표시해둔 동화 원고를 보며 중얼거리며 외웠다.

[도담동 아이누리 어린이집]

(사진=대통령실 제공) 2022.09.27.

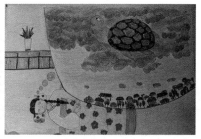

[꿈을 시로 지은 송덕봉]

(삽화작가 : 백인숙, 김영란)

김성일과 닮은 용기

드디어 조가 정해졌다. 5조, 한 조에 3명, 그중에 나는 1번.

면접실로 들어가 번호가 적힌 의자에 앉았다. 앞에 앉아 있는 편한 인상의 2명의 면접관 앞에 앉으니 도리어 마음이 편해졌다. 참여자와 면접관, 다섯 사람이 있었다. 이곳이 대기실보다 덜 떨리고 차분해지는 것은 면접관들의 첫인상 때문인지도 모른다.

묻는 말에 차분하고 자신 있게 대답했다. '왜! 이야기 할머니가 되어야 하는지'에 대해서도 당당하게 말했다. "김성일의 용기는 어디서 났을까?"라는 미리 외워둔 동화를 글자 한두 개만 틀리고 외웠다. '나의 이 용기는 어디서 났을까?'라는 생각이 들 정도로 대사에 어울리는 표정과 목소리, 손짓하며 온몸으로 표현했다. 떨리지 않고 긴장되지도 않았다. 면접을 마치고 나니 이야기 할머니 일은 나에게 꼭! 맞는 일 같다는 생각이 더더욱 들었다. 당장이라도 이야기 할머니가 된 것처럼 당당하게 집으로 돌아왔다.

"겸손은 타인의 마음을 얻는 방법"이라고 괴테는 말했다. 톨스토이는 "겸손한 사람은 모든 사람으로부터 호감을 산다."라고 했는데 나는 순간적으로 잊고 있었다. 발표날이 다가오자 '합격하겠지.'라며 은근히 기대했다. 그래도 떨어질 수도 있으니 신경 쓰이고 심장이 두근거리는 건 막을 수가 없었다. 발표 시간이 되자 홈페이지에 들어가 커닝하듯 조심스럽게 전화번호 끝자리와 이름을 찾았다. 몇 번을 보고 또 보아도 없었다.

잘못 본 줄 알았다. '탈락,' 떨어졌다.

  흥부네 마당에 박 씨 떨어뜨려 부자 되고 행복하게 살게 해준 강남 제비. 나는 '행복을 전하는 제비'라는 노래처럼 그런 이야기 할머니가 되고 싶었다. 아이들이 꿈을 꾸게 하는 이야기 할머니가 되고 싶었다. 그러나 내 자만심이 면접관들의 눈에 보였다는 것을 짐작도 하지 못했다. 그러니 당연하게 탈락했다. 느끼며 반성했다. 아이들이 고운 심성으로 아름다운 꿈을 꿀 수 있게 하고 싶은 마음이 더 간절해졌다. 꿈은 꿈꾸는 사람만이 이룰 수 있기 때문이다. 꿈을 전하는 제비가 되기 위해 오늘도 끝없이 날개짓 한다.

브라보 마이 라이프

꿈은 꿈꾸는 사람만이 이룰 수 있다.
아이들이 꿈을 꾸게 하는 할머니가 되고 싶다.

6

나에게도 이루고 싶은
꿈이 있었다

옛날 사진첩을 보면 그립지만 웃음이 나고 행복하다. 입학식 날 운동장에서 찍은 흑백사진 한 장. 햇살 때문에 눈부신지 잔뜩 찌푸린 얼굴, 무얼 했는지 머리카락은 산발이었다. 짙은 감색 치마, 교복 상의에는 코 닦는 하얀 손수건이 왼쪽 가슴에 매달려 있다. 가방을 메고 학교 가는 오빠가 늘 부러웠다. "나도 학교에 간다."라며 자랑했다. 어엿한 1학년생이니 말이다. 까만 칠판에 하얀 분필로 쓱쓱 판서하는 선생님이 멋져 보였다. 음악 시간이 되면 풍금 앞에 앉아 있는 선생님이 멋져 보였다.

선생님

풀금은 페달을 밟아야 소리가 난다. 무릎 근처에 있는 손바닥만 한 나무를 옆으로 제치면 바람 소리처럼 울린다. "뜸북 뜸북 뜸북새, 논에서 울고~~" 풀금의 깊고 삐걱거리는 소리에 서울 간 오빠가 더 그리웠다. "풀 냄새 피어나는 잔디에 누워~~" '푸른 잔디'도 즐겨 불렀다. 가늘게 이어지는 음이 가슴속을 간지럽게 하는 풀금 소리, 그 소리는 은은히 피어나는 물 향기 같았다.

선생님 책상 위에는 아이들 숙제 공책이 수북하게 쌓여 있었다. 쉬는 시간이 되면 선생님은 책상에 앉아 숙제 공책을 꼼꼼하게 들여다보았다. 빨간색 연필로 무언가 글씨도 쓰며 커다란 동그라미를 그렸다. 빨간색 연필로 휙~ 동그라미 그리는 모습이 부러워 친구들과 선생님 놀이를 했다. 안경을 쓰고 오른손에는 막대기를 들고 선생님 흉내를 냈다. 칠판을 대신한 벽을 탁탁 두드리며 친구들에게 "집중하세요."라며 흉내 냈다. 선생님은 나에게 선망의 대상이었다.

선생님이 되기 위해서는 교육대학에 가야 했다. 열병처럼 심한 사춘기를 앓았다. 공부에 흥미를 잃었을 뿐더러 가정 형편도 어려웠다. 그 당시에는 '여자는 기본만 공부하면 된다.'라고 생각하는 사람이 많았다. 아버지도 그랬다. 더구나 오빠가 서울에서 유학 중이었기에 아버지 뜻에 따를 수밖에 없었다. 대학에 대한 미련을 버리지 못하고 한참 뒤에야 입학했다. 그러나 교생실습 할 수 있는 교대를 다니지는 못했다.

피아노

그러나 잃는 게 있으면 얻는 것도 있는 법. '부모의 반대로 대학에 가지 못했다.'라며 자기합리화를 했다. 마음을 붙이지 못하고 방황했다. 어릴 적 배웠던 피아노 생각이 났다. 고작 몇 달 배웠는데 "중학교 가야 하니 고만 배워야지."라고 엄마가 말했다. 그때는 학교를 포기하고 싶을 정도로 피아노가 좋았다. 스스로 아르바이트하며 피아노를 배우기 시작했다. 목숨을 걸고 미친 듯이 연습했다. 선생님 댁으로 배우러 가는 길이 닳도록 다녔다. 단 한 번도 빠진 적이 없었다. 손끝에 물집이 생길 정도로 열심히 연습했다. 나의 열정과 노력을 인정한 선생님은 보조 강사 기회를 주셨다. 어린이합창단 반주자로도 추천해주셨다. 그러면서 자연스럽게 아이들을 가르치고, 반주자, 강사로 활동했다. 내 아이가 입학할 즈음부터 아들과 친구들을 가르치기 시작했다. 주변 아이들이 한두 명씩 찾아왔다. 아이들 수가 제법 늘어 집 근처에 자그마한 교습소를 차렸다. 그렇게 시작한 일은 우리 아이가 성인이 될 때까지 했다. 대충 잡아도 이십여 년 이상이다. 결혼 전과 후를 모두 합하면 내 인생의 반 이상을 아이들과 울고 웃으며 보냈다.

어릴 적 꿈

"어릴 적 꿈이 뭐였어요?"라고 학원 아이들이 물었다. 나는 일 초의 망설임도 없이 대답했다. "너희들처럼 어린아이들 가르치는 초등학교 선생님이었어."라고. 아이들은 "정말요? 근데 학교 선생님 아니잖아요." 안됐다는 듯 말했다. "어때, 학교 선생님은 아니지만, 초등학생인 너희들 가르치고 있잖아."라고 했다. 젊었을 때는 학원에 갇혀 유별나고 말 안 듣는 아이들 때문에 너무 힘들었다. 두 아들을 키우고, 학원 아이들을 가르쳐보니 그들 마음을 이해하게 되었다. 생각을 아이들 눈높이에 맞추기 위해 애썼다. 내 욕심에서 나오는 기대치를 낮추니 착하고 말이 통하는 아이로 변하기 시작했다. 도리어 가르치는 일이 힘들지 않고 좋아졌다. 월요일이 되면 아이들 만날 생각에 마음이 들떴다. 어릴 적 꿈이었던 학교 선생님은 아니지만, 초등학생을 가르치는 선생님이 되었다.

[마지막 수업 때 1학년 설희가]

[스승의 날 카네이션]

자기 직업에 대해 만족하는 사람은 그렇게 많지 않다고 한다. 그러나 내 직업 만족도는 70~80%에 가까울 정도로 높다. 아이들을 가르치는 일이 천직이라는 것을 50대 중반쯤 되어서 알았다. 즐겁고 좋아하는 일을 직업으로 갖게 된 건 행운이나 다름없다. '나는 행운아!'였다.

초등학교 수업

아이들을 가르친 경험과 교수법으로 또 다른 일에 도전했다. 지인의 추천으로 초등학교에서 강의 의뢰가 왔다. 제2의 새로운 삶을 위해 시작했던 오카리나, 오카리나는 나에게 친구가 되었다. 그것이 기회가 되어 오카리나 선생님이 되었다. 학원 선생님은 이십 년 이상 했지만, 초등학교 수업은 처음이다. 오십 중반에야 맛보는 초등학교 음악 시간. 나는 초등학교 오카리나 강사, 5교시 수업을 위해 교정으로 들어섰다. 점심시간이라 운동장에서 놀고 있던 3학년 아이들이 "선생님~~" 하며 달려왔다.

5교시 종이 울리자 아이들은 책상 위에 악보와 악기를 올려놓았다. 5, 6교시 두 시간 수업이다. 마치기 20분 전에 배운 곡을 분단 별로 복습시켰다. 그다음에는 개인 발표를 시키는데 서로 하지 않겠다고 엉덩이를 뺀다. 가방에서 당근을 꺼내 들었다. 아이들이 좋아하는 젤리. "연주하는 학생은 이것 한 개"라고 경쟁심을 부추겼다. "저요. 저요."라며 서로 발표하겠다고 난리가 났다. 먹는 게 넘치는 요즘 젤리 하나, 초콜릿 한 개지만 간식의 힘은 대단했다. 짧은 곡이라도 연주하며 참여하는 아이들이 고마웠고 예뻤다. 지적 장애가 있는 특수반 고등학생들도 똑같았다. 선생님으로 살았고 지금도 선생님 길을 가고 있다. 강의료를 받기도 하고, 기부 강의 할 때도 있다. 누군가를 가르치면 팔딱거리며 살아 있는 나를 확인하게 된다. 그들 앞에 서면 자신도 모르게 목소리는 높은 톤으로 변했다. 몸속에 숨어 있던 에너지도 빵빵거리며 뿜어져나왔다.

꿈★은 이루어진다

2002년 월드컵 때 전 국민이 붉은 악마(Red Devil)가 되어 '꿈★은 이루어진다'라고 외쳤던 응원 구호, 초등학교 선생님이었던 내 꿈. 학교 선생님은 아니라도 색깔이 조금 다른 피아노 선생님으로 살았다. 나는 '꿈★을 이루었다'라고 당당하게 말한다. 누군가를 가르칠 때 살아 있음을 느끼기에 나는 천생(天生) 선생님이다. 60년쯤 살아보니 세상이 보이고 인생을 조금은 알 것 같다. 이젠 누구누구의 선생님이 아니다. 세상 모든 것이 나의 선생님이다.

김형석 교수님은 "인생의 황금기는 60세에서 75세"라고 말한다.

나의 인생 황금기는 지금이 틀림없다.

브라보 마이 라이프

꾸준히 페달을 밟아야 소리가 나는 풍금처럼 쉬지 않고 질주했다.
60년쯤 살아보니 이제야 세상이 보이고 인생을 조금은 알 것 같다.

_____

_____

_____

_____

_____

_____

_____

7

인생 후반전! 책쓰기에 도전하다

"세상은 무대요. 인간은 잠시 등장했다 퇴장하는 배우일 뿐."

- 『좋으실 대로』, 셰익스피어 -

한 번 왔다 가는 인생, 무대 위에서 한 판 신나게 놀아보고 싶었다. 그러나 세상살이는 마음같이 그리 녹록한 건 아니었다. 몇 년 전부터 MZ세대가 열광했던 미라클 모닝. 미라클(miracle)의 사전적 의미는 '기적' 또는 '기적 같은 일'이라고 설명한다. '루틴'(생활 습관)을 구성해서 새벽 일찍 일어나 자기 계발하는 것이다. 기적 같은 일을 기대한 건 아니지만 미라클 모닝을 해보고 싶었다. 인생 디자인학교의 3개월 과정, 주 3회 새벽

5시 반에 하는 글 감옥에 등록했다. 즉석에서 주어지는 주제에 따라 잠깐 동안 글 명상 후 프리라이팅(free writing) 하는 형식이다.

생각할 준비도 없이 던져진 주제를 잡고 머리를 굴렸다. 과거의 추억을 더듬고 기사나 책 읽은 기억을 끌어올렸다. 메모지에 적은 쪽지 편지를 수업 시간에 던진 기억이 새록새록 떠올랐다. 생각이 복잡하거나 슬픈 감정이 올라올 때, 생각이 깊은 늪 속으로 빠져들면 낙서 수준의 글을 적었다. 감당할 수 없을 정도로 기쁜 일이 있을 때도 그때의 감정을 적었다. 글쓰기보다 힘든 건 새벽 5시 반에 일어나는 것이었다. 20명으로 시작한 새벽 글쓰기. 한 달이 지나고 두 달이 지났다. 줌(zoom) 화면 속 참여자 숫자가 점점 줄었다. 석 달을 마치고 남은 사람은 나를 포함해서 3~4명에 불과했다. 글 감옥이란 이름으로 시작한 새벽 5시 30분 기상은 3개월이 되고 줌은 꺼졌다. 나는 그 후에도 계속 5시 반에 일어나 새벽 글쓰기를 했다. 6개월이 지나니 일상이 되었다. 미라클 모닝은 나에게 미라클(miracle)이 되었다. 정말로 기적 같은 일을 만들 기회가 되었다.

자서전 쓰기

코로나19는 나에게 많은 변화를 일으켰다. 서울 50+ 프로그램인 '자서전 쓰기'에 참여했다. 인생의 전환점인 반백 년 이상 살았으니 한 번쯤 되돌아보는 것도 괜찮겠다는 생각이 들었다. 온라인 줌으로 작성하는 법을 한두 번 알려주었다. 그 이후의 일은 자신의 몫이었다. 글재주가 있는 아들을 보며 한때 부러워했던 적이 있다. 그러던 내가 자서전이라는 거창한 프로그램에 도전했다. 도전했고 잘했든 잘못했든 상관없이 글을 써야 했다.

묵은 일기장

결혼 후에도 기쁜 일이 있거나 마음이 흔들릴 때 일기를 썼다. 군대 간 아들이 다쳐 입원했을 때 침대 머리맡에서 적은 병상일지, 서랍 속 깊이 넣어두었던 일기장 생각이 났다. 메모나 다름없는 공책에는 굽이굽이 살아온 삶의 흔적이 그대로 있었다. 하나하나는 모두 글의 소재가 되었다. 즐겁고 행복했던 일, 힘들었던 기억 속 이야기는 자서전의 한 꼭지가 되었다. 그것이 모여 커다란 챕터(chapter)가 되었다. 그중에는 앞뒤 문맥이 맞지 않는 곳도 있었다. 의도와 다르게 엉뚱한 길로 빠진 글이 태반이었다. 그러나 다듬고 수정하며 제출한 원고는 한 권의 책으로 태어났다. 『내가 걸어온 길, 꿈을 찾아가는 길』이라는 표지를 달았다. 105페이지의 자서전이 되어 집으로 배달되었다. '염해영' 내 이름 석 자가 박힌 책을 안았다. 마음이 벌렁거리며 콩닥콩닥 뛰었다. 아무도 없는 뒷산에 가서 '나는 살아 있다.'라고 고함 지르고 싶었다. 한 줄도 쓸 수 없었던 글은

내 가슴 깊은 속에서 하루가 다르게 올라왔다. 오래된 옛날 기억을 끌어

올리는 작업은 힘들지만 신기했다.

[남아 있는 묵은 일기장]

보고(寶庫)인 도서관

그 후부터 본격적으로 도서관을 들락거리기 시작했다. 2주 동안 읽을

5~6권의 책을 빌려왔다. 모두 정독할 수는 없지만 일단 빌려 집 안 여

기저기 두었다. 손이 닿는 대로 읽었다. 처음에는 집중되지 않아 한 주에 한 권 읽는 것도 쉽지 않았다. 두세 달이 지나니 글이 눈에 들어오며 이해되기 시작했다. 아침 식사 준비 두어 시간 전에 일어났다. 책을 읽고 내용을 정리했다. 책 내용 중 마음에 닿는 단락은 나만의 시각으로 생각했다. 그 생각을 노트북에 짧게 혹은 제법 길게 적었다. 책을 한 권씩 읽을 때마다 책 제목, 저자, 출판사, 읽은 기간을 적었다. 1번, 2번, 3번 ~~~ 숫자는 계속 늘어났다. 한 줄 한 줄 공책 칸이 채워질 때마다 부자가 된 듯 든든했다. 나는 처음부터 독서를 그렇게 좋아하지 않았다. 그랬던 내가 몇 달 동안 읽고 정리한 책이 몇십 권이 넘었다. 처음 있던 일이라 지금 생각해도 신통방통했다.

글쓰기 책

자녀 교육에 관한 책과 꿈에 관한 에세이를 주로 읽었다. 도서관에 갔던 어느 날, 글쓰기 책이 꽂힌 책꽂이 앞에 서 있는 나를 보았다. 솔직한 내 마음을 알고 싶었고 그것을 글로 표현하고 싶었다. "냉가슴 앓는다." 라는 속담처럼 말하지 못하고 표현하지 못한 것이 많았다. 속 시원하게 쏟아내고 싶었다. 아니, 누군가에게 말하기보다 글을 쓰고 싶었다. 글쓰기 책을 읽기 시작했다. 메모하고 정리했다. 열 권, 스무 권 이상이 되었다. 글쓰기 책을 읽었다고 기계에서 국수 가락이 나오는 것처럼 생각만큼 글이 술술 써지는 건 아니었다. 그러나 새벽 시간은 나를 돌아볼 수 있는 시간이었다. 그러면서 또 다른 나를 찾기 시작했다.

"인생이 괴로울 땐 인상을 쓰지 말고 글을 써라.
인상을 쓰면 주름이 남고, 글을 쓰면 글이 남는다."

- 김민식 PD -

새벽의 힘, 책 쓰기

젊은이들이 열광한다는 미라클 모닝, '60대 나이는 아직은 늙은 게 아니야. 넌 아직 열정이 남아 있어.'라는 생각이 머리를 스쳤다. 도전으로 시작한 인생 디자인학교의 '새벽 글 감옥,' 2022년 1월의 첫날부터 시작한 새벽 글쓰기, 미라클 모닝은 찬물 세수와 미지근한 물 한잔으로 시작되었다. 감옥이라는 단어에서 오는 어두움, 구속이라는 느낌이 불편했다. 그러나 도전했고 견뎠다. 감옥에 갇힌 사람에게 먹이를 주듯, 인디 선생님은 글 감옥 회원들에게 글 주제를 주었다. 주어지는 주제에 따라 훨훨 날아 상상의 꿈을 꾸었다. 과거의 어두움을 떨치며 그곳에 나만의 색을 입혔다. 놀랍게도 새벽에 했던 그 일들이 또 다른 꿈이 되었다. '책 쓰기 도전'이라는 새로운 목표가 되었다. 오늘 내가 적은 한 줄의 글이 누군가 한 사람에게라도 위로와 힘이 되면 좋겠다. 오늘도 이른 새벽에 일어나 노트북 전원을 켰다.

"별은 바라보는 자에게 빛을 준다."

- 『드래곤 라자』, 이영도 -

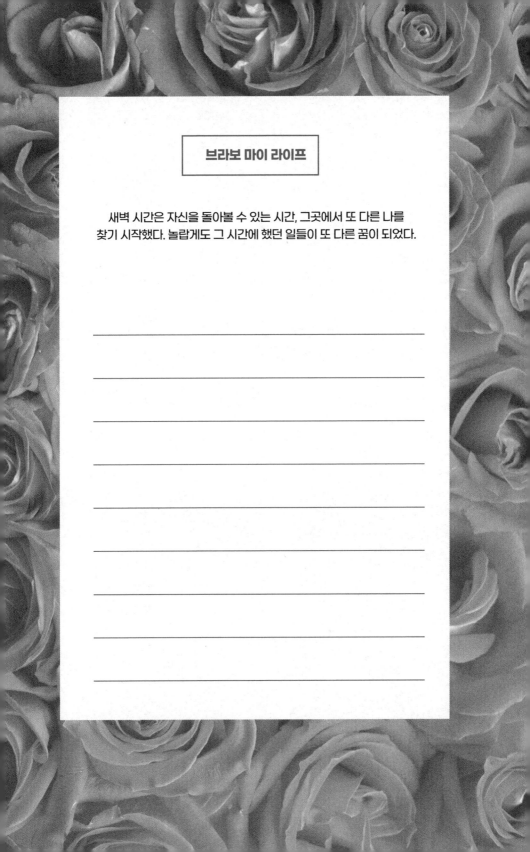

브라보 마이 라이프

새벽 시간은 자신을 돌아볼 수 있는 시간, 그곳에서 또 다른 나를
찾기 시작했다. 놀랍게도 그 시간에 했던 일들이 또 다른 꿈이 되었다.

지금, 지금 우린
그 옛날의 우리가 아닌 걸
분명 내가 알고 있는 만큼 너도 알아
단지 지금 우리는
달라졌다고
먼저 말할 자신이 없을 뿐
아~ 저만치 와 있는 이별이
정녕코 무섭진 않아
두 마음에 빛바램이
쓸쓸해 보일 뿐이지
진정 사랑했는데
우리는 왜 사랑은 왜
변해만 가는지

'지금' 중에서,
조영남

5장

아스파라거스

-

영원한
나의 인생

남은 인생을
스케치하다

자녀들이 성장하면 꿈을 위해 언젠가는 부모 날개 안에서 훨훨 날아간다. 꿈을 펼치는 아이들 모습을 상상하며 기다렸다. 두 아들이 날고 나면 엄마도 아이들 뒤를 따라 날고 싶었다. 꿈을 위해 훨훨 날갯짓하며 살고 싶었다. 언제부턴가 'ㅇㅇ 같은 사람이 되며 살고 싶다.'라는 말을 주문처럼 되뇌었다. 퇴근 후 친구 몇 명과 술을 마셨다. 빈속이라서인지 금방 취기가 올랐다. "나이 들면 ㅇㅇ하며 살고 싶은데 그건 꿈 같은 이야기겠지?" 친구에게 주정같이 푸념했다. "지금 당장 먹고살기도 힘든데 그건 그때 생각해."라며 옆에 앉은 친구가 내 말을 끊었다.

"한 알의 밀이 땅에 떨어져 죽지 아니하면

한 알 그대로 있고,

죽으면 많은 열매를 맺느니라."

- 요한복음 12:24 -

삶은 직진이 아니다. 살아간다는 것을 "굽이굽이 굽은 인생길 같다."라고 말한다. 보통 사람인 나 역시 구불구불한 인생길이었다. 아이 기저귀 젖은 것도 모르는 초보 엄마 시절. 아이는 악을 쓰고 울었다. 우는 아이를 안고 나도 같이 울었다. 쌀이 떨어져 몇 날 며칠 국수만 먹은 적도 있다. 산동네에서 셋방살이할 때였다. 창고에 쌓아둔 겨우살이용 연탄이 없어졌다고 도둑으로 의심받기도 했다. 내가 훔친 게 아니라는 게 나중에는 밝혀졌다. 그러나 그런 상황을 받아들이고 인정하기까지는 고통 그 자체였다. 무시당하며 생긴 슬픔은 가슴이 찢어지는 통증으로 다가왔다. 그런 상황에서 '다른 사람을 이해한다.'라는 건 상상할 수 없었다. 자존심이 상했지만, 아이들이 먼저 생각났다.

세상 무엇보다 소중한 두 아들이 있다.

하나 더하기 하나는 항상 둘이 되는 건 아니다. 셋, 넷이 될 수도 있다.

두 아들이 똘똘 뭉치도록 형제 우애를 강조했다. 엄마를 이해하고 따라주는 아이들이 항상 고마웠다. "잘하잖아, 할 수 있잖아."라며 두 아들을 부추겼다. 아이들이 해야 할 일을 하고 나면 달콤하게 칭찬했다. 엄마 칭찬을 더 받기 위해 두 아들은 선의의 경쟁도 했다. "너희들을 믿어."라는 말도 자주 했다. 아이들을 믿고 스스로 할 수 있게 맡기고 싶었다. 아니, 아이들을 믿었다. 동생은 형의 뒤를 쫓아가듯 중고등학교도 같은 학교에 다녔다. 회사는 다르지만 지금도 같은 일을 하고 있다. 아이들은 성장해 쳐다만 봐도 배부른 듬직한 사회인이 되었다.

강수연 작곡의 "넌 할 수 있어, 라고 말해주세요. 그럼 우리는 무엇이든 할 수 있지요~~"라는 노랫말은 나에게 무언지 모를 자신감을 주었다. 결혼 후, 생전 처음 겪어보았던 상황에서도 자신을 잃지 않기 위해 발버둥쳤다. 배움에 도전했고 자신을 담금질했다. 아이들이 부모를 실망시키지 않듯 나도 당당한 엄마가 되고 싶었다. 퇴직하고 3년이 지났다. '너도 할 수 있어, 이제부터야.'라고 나에게 말했다. 내가 가진 무엇으로 누군가에게 선한 영향력을 전하고 싶었다. 지금이 '바로 그때'이기 때문이다.

"큰 꿈이 열리는 나무가 될래요. 더없이 소중한 꿈을 이룰 거예요."라는 글귀를 보았다. 그렇게 살고 싶었다. 현실감이 부족한 나는 엄마가 되어서도 소녀였던 과거에서 헤어나지 못했다. 현재를 무시한 채 미래에 대한 꿈을 꾸었다. 작은 시골 분교에서 아이들에게 오카리나 가르치고 피아노 반주에 맞춰 노래 부르며 살고 싶었다. 시간이 흐르니 희망 사항은 바뀌었다. 몸과 마음이 힘든 주변 사람들에게 힘이 되고 싶었다. 내가 할 수가 있는 게 딱히 많은 것은 아니다. 돈이 많은 것도, 몸이 건강하지도 않다. 그나마 할 수 있고 좋아하는 오카리나 연주. 누군가가 듣고 마음의 편해지며 위안받을 수 있다면 나는 그곳에서 연주했다. 지역 축제, 지하철 음악회, 등굣길 음악회 등. 나이가 지긋해지면 내가 필요한 곳에서 가르치고 봉사 연주하며 그렇게 살고 싶었다.

서울50+ 인생 학교에서 J를 만났다. 그는 돌봄 종사자를 위한 힐링 프로그램에 관심이 많았다. J가 기획하는 돌봄 프로그램에 함께 참여하게 되었다. 연주만 하겠다는 내 계획은 업데이트되었다. 돌봄 종사자들이 힐링 될 수 있는 강의에 연주를 접목했다. '누군가가 내 강의와 음악으로 마음에 위안을 얻고, 위로받을 수 있으면 얼마나 좋을까?' 하는 마음으로 준비했다. 생각보다 반응이 좋았다. 강의내용과 어울리는 곡을 오카리나로 연주했다. 어르신들을 돌보면서 받은 스트레스가 날아갔다고 했다. 인생 한 페이지에 J와 함께하는 또 다른 그림을 그린다.

우연한 기회에 글쓰기를 시작한 나는 그 매력에 빠졌다. 말에 대한 책임을 져야 할 것 같아 '올해 목표는 책 출간'이라며 주변에 떠들고 다녔다. 전체적인 내용은 '세상에 공짜는 없고, 세상에 쓸모없는 것은 하나도 없다'였다. 죽고 싶었고 죽을 것처럼 힘들었던 많고 많은 일들은 쓸모없는 시간이 아니었다. 그 일을 겪고 견디며 '예전의 나'가 아닌 '또 다른 나'가 태어났다. 고대 인도인들은 인생을 4단계로 생각하였다. 태어나서 25세까지의 학습기와 결혼을 해서 가정을 꾸리고 사회적인 의무를 다하는 기간을 가주기(家住期)라고 하는데 50세 정도이다. 내 나이 40세가 되면서부터 시작한 공부는 50대 중반이 지날 때까지 쉬지 않고 배웠다. 그러면서 미래를 꿈꿨다. 50세가 지나 가정과 사회에게서 벗어나 한적한 숲속으로 들어가는 시기 임서기(林棲期)라고 한다. 그렇지만 숨지 않고 '또 다른 나'로 변신했다. 이 책 속에는 치열한 삶을 살아온 과정과 모습이 그려져 있다. 자신을 사랑하며 행복해하는 적당히 나이 든 내 모습도 고스란히 담겨 있다.

열심히 일했다고 퇴직 후에 쉬는 것은 쉬는 것이 아니라 자신을 포기하는 것이다. 세상에는 할 것도, 갈 곳도 많다. 그냥 주저앉아 있기에는 인생이 아깝지 않을까? 열 가지 만족은 없다. 남의 손에 있는 떡이 부러웠지만 이젠 내 손에 있는 작은 떡이 더 소중하다는 걸 알았다. 부끄러워

숨고 싶었던 과거의 내가 아니다. 다시 태어난 당당한 또 다른 나이기 때문이다. 제2의 어떤 삶이 기다릴지 모르는 남은 인생, 오카리나 연주하고 노래하며 주거니 받거니 하는 모습을 생각하니 벌써 마음이 설렌다. 바쁘지 않은 적당하게 나이 든 지금이 좋다.

살다 보니 살다 보니 알게 되더라
인생이란 내 뜻대로 되지 않더라
돌아보니 돌아보니 꿈만 같더라
그래도 행복하더라

- '살다 보니(인생별곡)', 영탁 -

브라보 마이 라이프

자녀들이 날고 나면 엄마도 아이들 뒤를 따라 날갯짓해야 한다.
다른 사람 손에 있는 커다란 떡보다 내 손에는 작지만 소중한 떡이 있으니까.

_____

_____

_____

_____

_____

_____

_____

_____

2

월리를 찾듯 또 다른
나를 찾아서

월리(Wally)

90년대에 『월리를 찾아라』라는 유행했던 그림책이 있었다. 주인공 월리는 동그란 뿔테 안경에 빨간색 방울이 달린 모자를 쓰고, 흰색과 빨간색이 섞인 줄무늬 상의를 입고 있다. 우프, 웬디, 흰 수염 마법사, 오들로가 등장한다. 주변에 수많은 다른 인물들과 사물들이 매우 빽빽하게 그려져 있었다.

그림 속에서 월리를 찾기 위해 내 아이들과 머리 맞대고 코를 박으며 찾았다. 와~~ 드디어 월리를 찾았다. 최근 모(某) 기업에서는 일상 속 행복을 찾아 떠나는 월리를 마케팅에 활용했다. 이젠 자신을 찾아야 할 때가 되었다.

"사람은 바뀌지 않는다."라고 하지만 2~30년이 지나서 다시 만나 달라진 친구들을 보면 그건 또 아닌 것 같다. 성격이라는 것이 환경에 의해서 변할 수도 있다. 또한 자신 속에 숨어 있던 것이 어느 시점에 툭 하고 튀어나와 다른 모습을 보이기도 한다.

학창 시절 나는 존재감도 없었다. 더구나 앞장서서 무엇을 한다는 건 상상도 할 수 없었다. 내성적 성격이라 손들고 발표하는 것도 큰맘 먹어야 할 정도로 소극적이었다. 생각 그릇도 작았다. 다람쥐 쳇바퀴같이 반복되는 삶이 심심했다. 그러나 엄마가 되고 아줌마가 되며 조금씩 변하기는 했다.

조금은 변했지만 역시 기본 틀은 벗어나지 못했다. 침전물처럼 가라앉고 꽁무니만 뺐던 과거의 성격, 이제는 그것을 건지려 애쓰지 않는다. 움츠리며 주변 눈치를 보던 예전의 나보다 조금은 억세졌다. 하지만 할 말은 할 줄 알게 된 지금의 나를 더 좋아한다.

새로운 만남

내가 아줌마였기에 할 수 있는 사건이 생겼다. 40대 초반, 사회교육원에서 시작했던 성악 교실 수업, 이탈리아, 우리 가곡으로만 진행되었다.

테너 성악가 교수님이 지도할 수강생은 열 명 이내였다. 수강생은 의사, 금은방 사장님, 요리사 등 노래와 전혀 상관없는 일을 하는 사람들이었다. 사회생활을 하다 보면 각종 모임도 노래방 갈 기회도 많을 뿐 아니라 크고 작은 모임도 많다. 적당한 분위기에서 애창곡을 성악가처럼 노래하기 위해 모인 사람이 대부분이었다. 그중에는 소릿결이 부드럽고 밝은 음색을 가진 호텔 요리사가 있었는데 40대 초반으로 보이는 그분은 성악과 입학에 목표를 두고 있었다.

변신 중

우리 가곡과 이탈리아 가곡 중 한 곡을 정해 연습했다. 수업 시간이 되면 강의실 앞에 나가 피아노 반주에 맞춰 노래했다. 난 항상 맨 마지막에 했다. 예전에는 노래도 잘하고 음악도 좋아했는데…. 목에 이상이 생긴 건지 세월 탓인지 음정이 올라가질 않는다. 하긴 결혼하고 십수 년이 지날 동안 잠투정하는 아이에게 불러준 자장가 말고는 노래를 불러본 기억이 별로 없다.

그러니 노래를 못 부른 건 당연한 일이다. 그러나 노래를 못하는 걸 인정하고 싶지 않았다. '좋아하는 것과 잘하는 건 다른 거야.', '나는 음악을 좋아할 뿐.'이라고 스스로를 합리화시켰다. 짝꿍 언니가 마지막 단락을 레슨 받고 있었다. 앞에 나가지도 않은 내 심장은 진작부터 콩닥거리고 두근거렸다.

뱃속 깊은 곳에서 올라와야 하는 소리는 목구멍에서 올라왔다. 저 멀리 벽까지 가야 하는 소리는 입안에서 맴돌고 코앞에 떨어졌다. 교수님이 입 모양을 교정해주고 "두성, 두성으로"라며 말하지만, 머리로는 이해되는데 정작 노래할 때는 되지 않았다. '다른 사람들은 금방 고쳐지는데 난 왜 안 될까?' 창피하고 속상하지만 포기하고 싶지는 않았다. 모험에 가까운 레슨은 학기가 끝날 때까지 매번 되풀이되었다. 그렇다고 소리가 확 하고 많이 달라진 건 아니었다. 한 주 한 주 지나며 감당해야 하는 창피함은 뻔뻔함으로 변했고 급기야 철면피로 변했다. 종강은 발표회로 대신했다.

대기실

남성들은 검정 턱시도 정장을 입고 여성들은 본인들 취향에 맞는 드레스를 입었다. 그에 어울리는 화장을 했다. 나는 연하게 화장하고 머리를 뒤로 살짝 올렸다. 화장에 어울리는 살구색 드레스를 입었다. 결혼 이후 처음으로 입어본 드레스, 거울 속에 비친 화장한 내 모습은 낯설었다. 드레스를 입은 나는 유리구두를 신은 신데렐라 공주처럼 마음이 한껏 부풀어 올랐다.

다른 출연자들도 본인들 모습에 상기되어 있었다. 무대 뒤 대기실 분위기는 어수선했다. 그러나 그것도 잠시뿐. 시작을 알리는 안내 방송이 나오며 공연이 시작되었다.

대기실에서 기다리던 나는 순서가 다가오자 손에 땀이 나며 입안이 바짝바짝 타들어 갔다. 소심증이 재발했는지 외웠던 악보는 전혀 생각나지 않았다. 드레스를 벗어 던지고 도망가고 싶었다. 이러지도 저러지도 못하는 진퇴양난. 떨리는 마음을 부여잡고 환한 조명이 비추는 무대로 까치발을 들고 걸어 나갔다.

긴장 때문인지 앞이 보이지 않았다. 그러나 한두 소절을 부르고 나니 노래를 감상하는 청중들이 눈에 들어왔다. 좌석 맨 뒤에 있는 지도 교수님이 눈에 들어왔다. 노래가 끝날 때까지 입과 손으로 지휘하듯 끌어주었다. 두 곡을 끝까지 연주하고 대기실로 돌아왔다. 어설퍼도 무대 위 조명 아래에서 이렇게 할 수 있었다. '난 못해.'라며 스스로 옭아맨 것을 연주한 후에야 깨달았다.

만나지 못한 또 다른 나

이것저것 톡톡 건드리며 지금도 새로운 것에 도전하는 나, 주뼛거리며 살아온 나를 밀쳐두고 숨어 있는 다양한 나를 찾아가고 있다. 다른 사람이 가진 것을 부러워하기만 하며 살아가기에는 얼마나 아까운 삶인가.

1990년대를 풍미했던 그림책 『월리를 찾아라』. 손톱보다 작은 월리를 찾듯 아직 만나지 못한 또 다른 나를 찾기 위해 어제도 오늘도, 그리고 내일도 계속 글을 쓸 것이다.

브라보 마이 라이프

생각해 보지도 않은 숨어 있는 다양한 나.
작은 호기심으로 새로운 것에 도전하면 만나지 못했던 또 다른 나를 만난다.

_____

_____

_____

_____

_____

_____

_____

_____

3

제 2의 삶에서 수문장 같은
나의 길벗

피터 라슬렛(Peter Laslett)이라는 학자는 인생의 노화 주기를 4단계로 나누고 있다. 태어나서 공부하고 일하며 퇴직할 때까지가 제1, 제2 인생기이다. 퇴직 후 건강하게 생활하는 시기를 제3의 인생기라고 한다. 나는 그 지점을 제2의 삶이라고 생각한다.

"내가 열심히 씨를 뿌리고 있는 이유는 그 씨알들이 여러분의 꿈이 되어 열매를 거둘 수 있다는 소원 때문"이라는 김형석 교수님의 말씀이 생각난다. 그럼 과연 나의 '꿈은 무엇이며, 영글어진 열매가 있기는 할까?'라는 고민에 빠진다. 사람들을 흑백의 논리로 나눈다면, 타고난 씨앗을 잘 가꾸어 자기 경영을 잘하는 사람과 그렇지 못한 사람. 그중에 나는 후자에 속한다. 왜냐하면 누구나 가진 하루 24시간, 그것마저 화수분인 줄 알며 어영부영 흘러버렸다.

결혼 후에는 현실에 치여 꿈은 먼 곳에 있는 것인 줄 알았기 때문이다. 그렇게 쭉정이 열매가 되어버린 자신을 움켜잡고 지냈다. 그러나 그게 아니라는 것을 세월이 한참 지나서야 알게 되었다. 그러는 동안 마음은 피폐해졌고 몸은 시들어가고 있었다.

요즘같이 아름다운 가을 어느 날, 하늘하늘한 코스모스 위에 앉아 있는 메뚜기를 보았다. 자그마한 바람에 크게 흔들렸다가 제자리로 돌아오는 모습을 바라보며 한 발짝 떨어져 나를 돌아보게 되었다. 두려움에 오들오들 떨며 세상을 원망하는 나의 모습이 겹쳐 보인다. 자그마한 메뚜기는 부는 바람을 타며 즐기는 듯했건만 덩치가 수백 배인 만물의 영장인 인간인 나의 못남을 뉘우치며 커다란 용기를 내었다. 군중 속으로 두렵고 무거운 첫발을 내딛기 시작했다.

큰일을 도모하는 사람처럼 푹 눌러쓴 모자와 편한 신발. 간단한 메모지를 가방 속에 쑤셔 넣고 생각나는 가까운 문화공간들을 찾아 나선다.

지하철 역사에 걸려 있는 자그마한 작품이 가슴속으로 파고든다. 그림에 조예는 없지만 바라보고만 있어도 마음이 편안해진다. 대학로, 인사동 등 이곳저곳을 들락거리며 눈요기만으로도 조금씩 채워지고 있었다.

가끔은 우아한 공연장의 관객이 되기도 하면서 삶에 조금씩 윤기가 흐르기 시작했다. 그때 즈음 가슴속 깊은 곳에서 꿈틀거림이 느껴지며 뭔가에 도전하고 싶다는 용기가 생겼다.

알고는 있었지만 별로 관심이 없었던 흙으로 빚어진 주머니에 쏙 들어가는 악기, 아름다운 소리를 가진 자그마한 오카리나는 흔들리는 나를 붙잡기에 충분히 매력적이었다. 단순한 흙이었던 이 악기는 나의 한쪽 곁에서 자리매김하기 시작했다. 손끝의 움직임에서 느껴지는 쾌감. 귀에 전해오는 소리에서 느끼는 설렘. 그때가 언제부터였을까? 고구마와 비슷한 모양인 오카리나를 들고 있으면 따끈한 고구마를 먹은 것처럼 가슴이 따뜻해졌다. 그렇게 오카리나와 대화하듯 나의 마음과 생각을 입히기 시작하며 조금씩 삶에 활기를 찾고 있었다. 막연하게 퇴직 후의 삶을 꿈꾸는 나에게 네 잎 클로버처럼 혹~ 하고 다가왔다. 이제는 사랑하는 최고 우선순위에 있는 제 아이들의 자리를 넘볼 정도로 많은 부분을 차지한다.

또한 비슷한 관심사를 가진 사람들과의 소통은 나를 더 단단하게 하였으며 주변을 돌아볼 수 있는 마음의 여유마저 생겼다. 선입견으로 다가가기 조심스러웠던 특수반 아이들을 가르치며 그들을 통해 겸손과 사랑하는 법을 배웠다. 소박한 실력이지만 재능기부 연주는 자존감을 높이는 윤활유 역할을 했다.

사람과 사람만이 인연으로 연결되는 줄 알았던 지금까지의 삶. 그러나 이 자그마한 도자기는 주인의 숨결과 진정성이 담겨 든든히 나를 지키며 함께 가는 길벗이 되었다.

인간다운 삶의 마지막인 제3 인생기인 지금의 삶. 오카리나, 너를 만나 세상을 긍정적으로 바라보는 눈이 생겼으며, 자만에 가득했던 목의 힘이 빠지기 시작했다. 1+1에 또 다른 선물로 받은 주변을 둘러볼 수 있는 마음의 여유. 만약 너를 만나지 않았다면 퇴직 후, 지금의 나는 어떤 모습이 되어 있을까?

지금, 적당히 나이는 들었지만 너를 만나 외롭지 않았으며, 불가능할지도 모르는 꿈을 꾸며 지금도 열정적으로 살고 있다. 누구를 만나든 무엇을 만나든 기회는 자신이 찾아야 한다는 말이 생각난다. 황금 같은 기회를 무심히 흘려버리는 실수를 더는 하지 말아야 한다. 건강 나이 얼마

남지 않은 오늘도 나는 오카리나와 함께하는 꿈을 꾼다. 꿈을 향해 훨훨

날고 있는 그 누군가를 기다리며 오늘도 푸른 하늘을 바라본다.

(2022년 서초 문협 백일장 우수상)

황금 같은 기회를 무심히 흘려버리는 실수를 더는 하지 말아야 한다.
누구를 만나든 무엇을 만나든 기회는 자신이 찾아야 하기 때문이다.

4

물과 불이 만나 연보라
수국이 되다

"자신을 색깔로 표현해 보세요."라는 질문을 받으면 기분이 어떨까. 듣는 순간 머릿속이 혼란스러워졌다. '나는 무슨 색일까?' 보통의 질문은 '무슨 색을 좋아하세요?', '무슨 색○○을 갖고 싶나요?' 등이지 않은가. 언제부터인지, 왜 그런지는 모르지만 초록 계열의 색을 나는 병적으로 좋아한다. 초록(草綠)색은 삼원색인 빨강, 노랑, 파란색 중 푸른색과 누런색의 중간색이다. 조선시대 당이, 단령, 도포, 장의 등에 많아 사용되었다고 하는데 TV 사극에서 본 기억이 난다. 전생에 양반집 자손이었는지도 모른다는 생각에 괜히 기분이 좋아진다.

차가움

연두색, 녹색 등 초록과 동색인 건 무엇이든 좋아하는 나. 그러나 첫인상은 편안함보다는 조금 차갑게 느껴진다. 파란색은 대체로 차가움, 안정, 신뢰라는 연상을 준다. 다양한 파란색 중에는 따뜻하고 불그스레한 울트라마린 블루, 조금 더 차갑게 느껴지는 프러시안 블루도 있고, 붉은빛이 도는 강렬한 파랑인 코발트블루도 있지 않은가. 또한 뭉게구름 가득한 사랑스러운 파란 하늘도 있고, 해질녘 지는 해를 품은 평온한 바다색도 있다.

나를 보면 첫인상이 '강하다'고 한다. 그러나 마주 앉아 눈을 맞추고 이야기하면 '강함보다 따뜻함이 더 많이 느껴진다.'라고 한다. 어릴 적부터 몸에 밴 규칙적인 생활은 살아오는 내내 비슷하게 지냈다. 그런 생활 습관은 일 처리할 때 말이나 행동이 맺고 끊기를 정확하게 하는 성격으로 드러났다. 그래서 주변 사람들이 냉정하고 차갑게 느꼈을지도 모른다. 차가워 보이는 것은 진정한 나의 모습이 아닐지도 모른다. 왜냐하면 세월이 흐르면 많은 게 변하듯 성격도 변하기 때문이다.

뜨거움과 따뜻함

그러나 눈에 비친 그런 모습들이 내면의 뜨거움을 완벽하게 감출 수는 없었다. 지나간 수많은 시간, 용광로 불길처럼 솟아올라 누군가를, 무엇인가를 가슴 시리도록 사랑했다. 나를 싸움닭이라 생각할 정도로 눈이 빨개져 있던 반항적인 시절. 그렇게 치열했던 열병의 시간이 지났다. 가정을 가지며 아이가 생겼다.

나름의 방법으로 태교에 정성을 쏟았다. 뱃속에서 꿈틀거리는 아이는 엄마에게 희망과 에너지를 주었다. 아이가 보내는 희망 에너지는 조금씩 모여 응축되기 시작했다. 아이에게 받은 것은 또 다른 색의 사랑과 믿음이 되었다. 태어나지도 않은 아이가 엄마에게 미리 준 선물이었고, 세상을 살아갈 때마다 커다란 힘이 되었다. 개구쟁이 아들은 어릴 때부터 호기심과 궁금한 게 많았다. 일등은 아니지만 성적도 웬만큼 되고 건강하게 자랐다. 그것만 해도 다행이라 생각하고 매번 "고마워, 아들."이라 말했다. 본인이 정한 분량을 빨리 해결하고 약속을 지키니 "공부해, 공부해." 잔소리하지 않았다. 믿기 때문에, 아니 믿고 싶었기 때문이다.

팔랑귀 NO

교육 문제에서만은 주변 사람들 이야기에 팔랑귀가 되지 않았다. 문제가 생길 때는 아이의 입장이 되어 생각했다. 방학이 되면 책가방 대신 배낭을 메고 박물관, 전시관, 미술관을 다녔다. 그때의 일들을 보물 상자에서 보물을 꺼내듯이 지금도 이야기한다. 믿음 속에서 성장한 두 아이는 엄마가 꿈을 꿀 수 있도록 희망이라는 선물을 또다시 주었다. 두 아들은 차례로 회계사 합격 소식을 선물로 주었다. 차갑고 강했던 내 인상은 조금씩 편안한 얼굴이 되어가고 있었다. 인생살이 하며 배우고 느끼며 많은 것을 알게 되었다. 또한 아이들이 성장하며 엄마에게 보내주는 긍정 에너지가 중화제 역할을 한 것이다.

큰 바위의 얼굴

어릴 적 교과서에서 읽었던 나다니엘 호손의 단편소설 『큰 바위의 얼굴』이 갑자기 생각난다. 미국에 있는 작은 마을. 그곳에는 사람 형상을 한 바위가 있었다. 마을 사람들은 그 바위를 '큰 바위의 얼굴'이라 불렀다. 주인공 어니스트도 어린 시절부터 그 바위산을 보고 자랐다. 언젠가 그 바위의 얼굴과 똑같은 위대한 사람이 나타날 것이라 믿고 자랐다. 소년 어니스트는 노인이 되며 큰 바위의 얼굴과 닮아갔다. 그러나 어니스트는 자기보다 더 훌륭한 사람이 나타나기를 마음속으로 빌었다. 그것을 보며 '참된 인간은 어떤 모습일까?'라고 다시 한 번 더 생각하게 된다.

지금도 가슴속 깊은 곳에서 무엇인지 모를 것들이 가끔 훅하고 올라온다. 그건 뜨거움이 아닌 구들목의 은근한 따뜻함이다. 빨간색의 힘과 차갑고 영원한 파란색이 만나 우아한 보라색이 된다. 여기에 여유로움과 느긋함이라는 흰색을 조금씩 섞으면 연한 보라색이 나온다. 연보라 수국 같이 풍성하고 소담스러운 꽃을 피우고 싶다. 그래서인지 마음을 편안하게 해주는 녹색과 나를 닮은 연한 보라색을 지금도 좋아한다.

[나를 닮은 연보라 수국]   [남편에게 받은 진보라 장미]

브라보 마이 라이프

"마흔 이후의 얼굴은 스스로 만든다"고 한다.
어릴 적 읽었던 나다니엘 호손의 소설 『큰 바위의 얼굴』이 떠오른다.

_____

_____

_____

_____

_____

_____

_____

_____

5

남은 인생은 베풀고 봉사하는
삶으로

날씨도 좋고 꽃들이 지천으로 피어있는 5월의 하루. 할 것도 별로 없고 심심해서 집 근처 도서관으로 갔다. 책 읽는 것보다 가는 길을 더 좋아한다. 아파트와 동네 뒷산 사이의 자그마한 골목길. 나뭇잎에 초록초록한 물이 오르기 시작한 한적한 길을 걷는 시간이 좋다. 1층 푸름이 어린이 도서관에서 폴 빌라드의『이해의 선물』동화책을 빌려 왔다.

이해의 선물

초등학교 교과서에는 폴 빌라드의 단편소설『이해의 선물』이 실려 있다. 책에는 아이의 순수함을 고스란히 지켜주는 진짜 어른 모습인 사탕 가게 할아버지가 등장한다. 세상 무엇보다 소중한 보물로 가득 차 있던 조그마한 구멍가게의 향기, 고른 사탕값으로 소년이 지급한 반짝이는 체리 씨를 바라보던 위그든 씨. 할아버지는 1센트 동전 두 개를 거스름돈으로 소년에게 내어준다. 위그든 씨의 깊고 지혜로운 배려, 그에게서 이해와 배려를 배웠다. 후에 성인이 되어 그때와 비슷한 상황이 닥쳤을 때, 마찬가지로 자신도 동심을 지켜주는 선택을 한다는 줄거리다. 어느 작가는 "아직 남아 있는 어린 시절의 기억 중 가장 오래된 그리고 가장 행복한 기억이 있다. 그것은 위그든 씨의 사탕 가게에 얽힌 추억이다."라고 회상한다.

나눔

나눔과 베풂은 전승된다고 한다. 심은 씨앗이 자라 사과나무가 되고 그 열매 씨앗이 홀씨가 되어 어쩌고저쩌고하듯 거창하지 않아도 좋다. 소소한 무엇이라도 나누고 싶었다. 결혼 전에는 가끔 고아원을 방문해 아이들과 놀던 때가 기억난다. 예전에는 보육원이 아닌 고아원이라 불렀다. 지금의 보육원(保育院)은 복지시설이다. 부모가 계시지 않거나 아이를 키울 능력이 되지 않는 어린이와 청소년들을 보호하는 곳이다. 과거의 고아원(孤兒院) 시설이나 환경이 지금과는 많은 차이가 난다. 고아원생들은 주로 부모가 없든지 버림받은 아이들이 대부분이었다. 그 아이들이 입은 옷은 조금 남루하지만, 눈빛은 강렬했다. 아이들이 그렇듯 그곳 아이들 눈빛도 초롱초롱했다. 정이 그리운지 나에게 엉겨 붙어 떨어질 줄 몰랐다. 이들의 눈빛에선 평소에 느끼지 못한 작은 행복이 넘쳤다. 집으로 돌아와도 아이들 모습이 눈에 맴돌았다. 지금은 넘쳐 귀한 줄 모르는 학용품이 그 당시에는 연필 한 자루, 공책 한 권도 귀한 시절이었다. 생각지도 않은 보너스를 받으면 공(空)돈이라 생각하고 필요한 학용품을 사서 고아원 원장님께 전해 드렸다.

결혼생활 중 경제 상황은 그리 넉넉하지 않았다. 생활비를 이리저리 찢어 붙여야만 한 달을 겨우 살 수 있었다. 아등바등하며 살아야 하는 생활인으로 바뀌었다. 책장 한쪽 구석에는 납부 기간이 지난 세금 고지서가 항상 쌓여 있었다. 그러니 주변을 돌아볼 마음의 여유가 없는 건 당연한 일이었다. 모임에서 우연히 '자원봉사 1365'라는 이야기를 들었다. 봉사할 여유는 없었지만 언젠가는 '내가 해야 할 일'이라고 생각했다. 생활에 여유가 생기면 봉사하겠다는 건 "감나무 밑에 누워 홍시 떨어지기 기다린다."라는 속담처럼 얼토당토않은 일이었다.

사회에서 만난 동생이 복지관에서 봉사한다는 얘기를 들었다. 짬을 내어 합류하기로 했다. 복지관에서 한 달에 두 번, 배식 봉사에 참여했다. 시간 전에 도착한 어르신들이 식당 앞에 줄을 섰다. 한 끼 밥을 위해 줄

서 있는 모습이 짠했다. 식사하는 어르신들의 보며 나를 돌아보는 계기가 되었다.

세상에서 혼자 살 수는 없다. 지금까지 잘 살았고 자의든 타의든 사람들과 사회의 도움을 받았다. 현직에서 물러나면 누군가에게 보리 이삭이 되고 싶었다. 무엇인가를 환원하고 싶었다. 그러나 내가 가진 건 별로 없었다. 재산이 많은 것도 아니고 몸이 건강한 것도 아니다. 과연 내가 할 수 있는 일이 무엇일까 고민하기 시작했다. 인생의 반 정도를 초등학생을 가르쳤다. 아이들은 자신의 속마음을 이야기했고 나는 아이들의 애로 사항을 들었다. 집 밖에서는 집에서와는 전혀 다른 행동을 하는 자녀들을 보며 부모님들은 당황했다. 아이와 함께 고민했던 부분을 부모님에게 슬며시 귀띔했다. 문제점을 해결하기 위해 아이 어머님들과 많은 상담을 했다. 머리를 맞대고 고민하며 함께 해결했던 많은 사례와 경험, 그것을 바탕으로 강사의 길을 걷고 싶다.

도전

집 근처에 서울 50+ 남부 캠퍼스가 개관되었다. "명품 강사 비법" 강의를 들으며 새로운 제2의 삶에 들어설 준비를 했다. 10주 강의는 종강되었다. "명강클" 이름을 달고 커뮤니티 활동을 시작했다. 시간이 흐를수록 강사에 대한 갈증이 더 생겼다. 담금질을 위해 5명 소수정예 강사 교육에 합류했다. 학부모님들이 들려주신 알토란 같은 이야기, 오랫동안 아이들을 가르쳤던 경험과 책에서 얻은 지식과 생각, 그것을 모아 강의안을 만들고 다듬어 출발선에 섰다. 사회 환원이라는 커다란 야망을 품고 준비했던 강사의 길. 그러나 갑자기 닥친 코로나19 출현으로 출발선에서 주저앉았다.

기회의 시간

그렇게 목표가 사라진 건 아니었다. 잠시 보류 상태다. 그 기간이 얼마가 될지는 모르겠지만 그 시간을 내 것으로 만들기로 했다. 코로나로 갇혀 있는 동안 도서관에 예약 도서 신청으로 책을 빌렸다. 강사 활동은 하지 못했지만, 그동안 부모교육 관련 책을 5~60권을 읽었다. 코로나19가 발목을 잡은 게 아니라 오히려 기회가 되었다. 성공기록부를 만들어 바를 정(正)자로 표시하며 오카리나를 연습했다. 책을 읽으며 메모하고 두세 줄이지만 짧은 글을 쓰기 시작했다.

2022년이 되며 코로나19의 끝이 보이기 시작했다. 어색했던 온라인 모임도 점점 익숙해졌다. 사람들과 줌(zoom)에서 만나 토론하고 공부했다. 내가 살아온 모습과는 전혀 다른 분들과의 관계도 형성되었다. 3년 가까이 갇혀 있던 코로나19는 나에게 기회의 시간이 되었다. 부자도 아니고 건강도 조금은 부실하다. 하지만 생각보다 많은 것을 갖고 있었다. 내가 가진 작은 재능과 살아온 경험과 지식 그리고 성실함이 있다. 아주 조금이지만 꼭! 필요한 소금 역할을 하며 제2의 새로운 삶을 살고 싶다. 오늘도 노력 중이다.

브라보 마이 라이프

세상에서 혼자 살 수는 없다.
부자도 아니고 건강도 조금은 부실하지만, 생각보다 많은 것을 갖고 있었다.
살아온 경험과 작은 지식 그리고 성실함이 있다.

_____

_____

_____

_____

_____

_____

_____

6

내 마지막 꿈은 베스트셀러 작가

"꿈을 크게 가져라. 깨져도 그 조각이 크다."

- 『내 인생의 봄날은 오늘』, 조미하 -

중년이 한참 지나서인지 '100세 시대'라는 말이 더더욱 무겁게 다가왔다. 몸 구석구석은 삐걱거렸다. 학부모 모임에서 만난 50대 초반인 한 엄마는 암으로 병원에 입원했다. 그는 항암치료에 지쳐 있었다. 풍성했던 갈색 머리카락은 빡빡 밀려 있었다. 뽀얗게 드러난 머리는 자그마한 복수박 같았다. 귀엽다는 생각이 잠시 들었다. 침대에 누워 있는 엄마에게 남매를 위해서라도 힘을 내라고 말했다. 고개를 끄덕거렸고 '더 살고 싶다.' 라는 눈빛이 간절했다. 그러던 그는 석 달 만에 그는 우리 곁을 떠났다. 삶과 죽음을 바라보며 '사람이 왜 사는지'에 대해 생각하며 글을 적었다.

그는 가라앉는 느낌인 겨울에 우리 곁을 떠났다. 내 기분은 우울했고 마음도 가라앉았다. 우연히 서울 50+를 알게 되었다. 50+ 포털 사이트가 닳을 정도로 들락거렸다. "천 개의 스토리, 천 개의 자서전"이라는 문구가 눈에 띄었다. 천 개, 그중 하나 '내가 살아온 길도 하나의 스토리가 되지 않을까?'라는 생각이 들었다. 그러나 정작 내가 쓰고 싶은 자서전은 어디서 태어났고 어떻게 성장했고…. 이렇게 쓰고 싶진 않았다. 에세이처럼 쓰고 싶었다. 도서관에서 책을 빌려 읽으면 챕터와 소제목을 만들었다.

[세대 간의 마음을 잇다. "천 개의 스토리 천 개의 자서전" Season3. 삶이 노래가 될 때]

23개의 소주제를 4개의 챕터에 나누어 담았다. 소주제에 맞는 글을 적으니 과거 기억이 소환되었다. 1970년대에는 《샘터》, 《진주》 같은 주간지가 유행했다. 두께도 얇을 뿐더러 가격도 저렴해 자주 사서 읽었다. 무슨 내용인지 기억이 나지는 않지만 투고했던 기억이 난다. 잡지사에서 연락이 왔고 《월간 진주》에 글이 실렸다. 맨 첫 줄에는 제목과 이름 그리고 보낸 글이 정갈하게 지면에 실려 있었다. 투고한 사람의 주소도 내용 맨 아래 적혀 있었다. 지금은 주소를 올린다는 건 개인정보 보호법으로 상상도 할 수 없는 일이다. 그러나 그때는 그게 통상이었다.

요즘은 SNS나 블로그, 페이스북 등 다양한 소통 방법이 있지만 그 당시에는 편지가 모두였다. 《월간 진주》에 글이 실리고 며칠 후부터 독자가 보낸 편지가 집으로 배달되었다. 전국에서 얼마나 많은 편지가 오는지 집배원께 미안할 정도였다. 이렇게 많은 편지는 연예인만 받는 줄 알았는데, '이게 무슨 일인가?'라며 나도 놀라고 가족들도 깜짝 놀랐다. 그 후에도 독자 참여란에 한두 번 투고한 적이 있었지만 내가 글을 썼다는 사실조차 기억하지 못한 채 까마득하게 잊고 지냈다.

자서전을 한 줄 한 줄 적으며 과거의 나를 소환했고 좋아하던 것을 찾게 되었다. 결혼 후에 간간이 적어놓은 대여섯 권의 일기장, 컴컴한 서랍 속 깊숙이 들어 있던 낡은 일기장을 꺼내 읽어보았다. 그 속에는 좌충우

돌한 결혼생활 중에 일어났던 많은 이야기가 소롯이 담겨 있었다.

일기장 속에는 맑음보다 흐린 날이 훨씬 더 많았다는 것을 이제야 알게 되었다. 살아가며 느낀 흐린 날 기억들은 하나의 소주제가 되어 글을 통해 세상 밖으로 나왔다. 부끄럽다고 생각했던 과거의 기억, 세월이 흐른 지금 생각해 보니 별것 아닌데 '그놈의 자존심 때문이었다'는 걸 알았다. 글을 쓰며 느끼고 깨우치고 반성했다. 손바닥 크기의 104페이지짜리 자서전이 출간되었다.

코로나19를 만나 바이러스가 무서워 외출을 자제하고 책을 읽기 시작했다. 도서관 프로그램에서 만난 동화작가님의 에세이 강의는 '글을 쓸까, 말까?' 하는 나를 힘차게 당겼다. 10강이 끝나고 회원 모음집이 나왔고 고작 10주 배운 실력으로 여기저기 보낼 글을 적었다. 10주의 강의는 나에게 많은 기회를 만들어주었다.

서울 50+의 인생 학교 입문, 심화반을 마치고 나니 인터뷰 요청이 들어왔는데 서면 인터뷰 형식이었다. 질문지에 맞게 글을 가득 작성하며 메일로 보냈다. 얼마 후에 잘 받았다는 인사와 '적은 액수지만 원고료를 보낸다'는 답이 왔다.

글을 써서 원고료를 받는다는 건 나에게 엄청 대단한 일이었다. 그 이후에도 '우수 활동 사례자', '보람 일자리 활동 수기자'로 뽑혀 A4용지를 가득 채웠다.

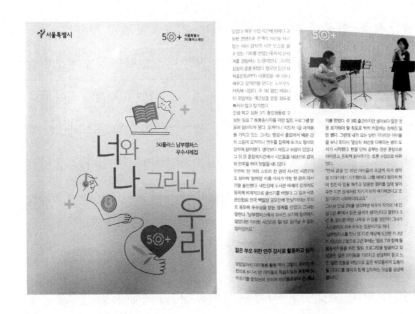

[50+ 남부 캠퍼스 우수 활동 사례집 "너와 나 그리고 우리"]

　나는 성공한 사람도, 부(富)를 쌓은 사람도 아니다. 사회 구성원으로 제몫을 할 수 있게 두 아들을 키웠고, 아이들이 보고 싶어 하는 선생님이었다. 열정이 식을까 꾸준히 배움에 도전했고 그러면서 지금의 내가 되었다. 그렇게 살아온 적당히 나이 든 나를 주위에서 '좋아 보인다.'라며 부러워한다. 힘든 일도 많았지만 재미있고 행복한 일도 많았던 지난 시간의 삶. 자서전이 아닌 나만의 에세이를 출간하고 싶다는 욕심이 생겼고 한 분의 작가님을 소개받았다.

　조미하 작가님의 "꿈을 크게 가져라. 깨져도 그 조각이 크다."라는 글을 가슴에 새기며 책 쓰기에 도전했고 더 큰 꿈을 가졌다.

책 쓰기 마라톤은 시작되었다. 결승점은 베스트셀러 작가. 23개의 소주제로 시작한 자서전은 5개의 챕터에 35개의 소주제와 프롤로그, 에필로그로, 모두 합해 37꼭지의 대장정이 시작되었다. 열정으로 시작한 10주의 교육 기간, 적은 자산이지만 목표를 가지고 미라클 모닝(Miracle Morning)을 계속했다. 기적과 같은 에세이 책 초고가 완성되었다. 수정에 또 수정하면 독자에게 좋은 책, 영양가 있는 책이 될 것이다. 한 번의 출간에 멈추지 않고 자신을 송두리째 꺼내어 쓰고 또 쓰며 수정하고 수정할 것이다. 모든 꿈에는 끝이 있는 법이다. 그날이 언제가 될지는 모르겠지만 현재의 마지막 꿈은 베스트셀러 작가 벨트다. 청중들을 찾아가서 함께 호흡하며 '나도 할 수 있다.'라는 긍정에너지를 주는 베셀 벨트의 힘, 판매 부수만 많은 넘버원 NO.1이 아닌 '단 하나'라는 온리 원(only one), 나만의 색으로 엮어진 책을 통해 선한 영향력을 전하는 작가가 되고 싶다. 가슴이 벅차고 설레는 꿈을 꾼다.

브라보 마이 라이프

모든 꿈에는 끝이 있는 법이다. 그날이 언제가 될지는 모르지만
'나도 할 수 있다.'라는 목표점을 향해 뿜어내는 당신의 긍정 에너지.

_____

_____

_____

_____

_____

_____

_____

7

나만의 작은
옹달샘

"고기도 먹어본 사람이 잘 먹는다."라는 속담이 있다. 엄청 비싼 옷이나 명품 가방을 들어본 적이 없다. 명품을 걸쳤을 때 어떤 기분인지도 모른다. 그래서 명품 앞에서 위축되지 않는다. 다만 자그마한 평수 아파트에 사는 게 조금 불편하게 생각될 뿐이다. 세 남자—남편과 아들 둘—와 함께 생활하기에는 조금 좁게 느껴졌다. 나쁜 것보다 좋은 추억이 많은 그 집에서 오랫동안 살았지만 만족했다. 갖고 싶은 것보다 하고 싶은 게 너무 많았다. 돈이 되는 게 아닌 좋아하는 걸 찾아 눈을 부릅뜨고 다녔다. 음식을 시식하듯 이것저것 배우기 시작했다.

동네에서 작은 학원을 오랫동안 운영했다. 8~90년대에는 아이들이 입학하기 전, 7살 여름방학이 되면 엄마 손 잡고 피아노학원에 왔다. 그러나 십여 년이 지나니 5~6세의 아이들 상담이 많아졌다. '어떻게 하면 쉽고 재미있게 가르칠까?' 어린이들을 위한 쉬운 교수법에 대해 고민했다. 교재를 갖다 주던 사장님이 세미나 관련 광고지를 주고 가셨다. 교수법 세미나가 토요일에 있었다. 신청 첫날 바로 신청했다.

　세미나에서 사용되는 교재는 얼짱이, 오선이, 꿈틀이, 사자 선생님처럼 재미있는 캐릭터로 구성되어 있었다. "오바마 대통령 딸들이 배우는 교재로 널리 알려진 프로그램이다."라고 설명했다. 세미나에 참석해 교육받았다. 재미는 있으나 궁금한 게 더 많았다. 조금 더 체계적으로 배우기로 했다. ○○교육대학에서 진행하는 '피아노 전문교사' 자격증 과정에 등록했다. 교재 활용법과 교수법과 실기시험까지, 토요일에 진행하는 15주의 교수법 강의는 신선하고 유익했다. 예전에 배운 대로 가르친 나만의 방식은 아이들 눈높이에 맞지 않았다. 세상의 흐름에 뒤떨어진 교육이라는 것을 그제야 알았다. 이렇게 재미있고 쉬운 교수법이 있는데 아이들이 '배우면서 얼마나 힘들었을까.'라는 생각이 들었다. 15주 강의를 마치고 '피아노 전문교사' 자격증을 받았다. 배웠던 그대로 원생들에게 접목해서 수업했다. 오기 싫어하던 아이들도 쉬운 교수법 때문인지 결석하지 않았다.

음악에 대한 갈증이 많은 나는 실용 반주를 배웠다. 음악학과장님의 30분이라는 짧은 엑기스 강의였다. 실용 반주로 연주한 곡은 클래식 반주와는 느낌이 달라 매력적이었다. '열심과 성실의 아이콘'인 나는 하루도 수업을 빼먹지 않았다. 실용 반주의 매력에 빠져 열공했다. 교수님께 배운 교수법을 연습하며 알게 된 쉬운 방법을 원생에게 적용했다. 아이들은 어른보다 훨씬 빨리 습득해 자기 것으로 만들었다.

반주법을 가르치는 날이 되면 내 목에서는 피가 날 정도였다. 한 발 한 발 걸으며 '쿵 짝 쉬고 짝' 큰 소리로 노래했다. 아이들은 놀이로 리듬을 익혔다. 리듬이 몸에 익으면 아이들은 그때 피아노 앞에 앉는다. 건반에 왼손을 올려 간단한 기본 코드에 '쿵 짝 쉬고 짝' 리듬을 입힌다. 그러고 나면 오른손 멜로디를 살짝 얹는다. 짧은 시간에 한 곡이 완성되었다. 그렇게 실용 반주와 교수법, 작은 물방울은 조금 큰 물방울이 되었다.

그 이후에도 합창하며 드럼을 배웠다. 흰 머리 휘날리며 멋지게 연주하는 드러머를 꿈꾸었다. 그렇게 시작은 했지만 그건 '아니올시다'였다. 소리에 유독 민감한 나는 연습실의 시끄러운 드럼 소리 소리가 스트레스였다. 음악이 될 때까지 기다릴 용기가 없어 6개월 만에 포기했다. 그 이후에도 오카리나, 우쿨렐레, 칼림바 등 계속 도전했다. 배운 것 중에도 호불호가 있었다. 재미있는 것과 덜 재미있는 것, 멜로디가 있는 가락악기가 재미있었다. 그중에서도 피아노와 오카리나는 너무 좋았다. 잘하기보다 좋아하는 쪽에 가까웠다.

학원을 운영하며 특강과 노후 악기로 시작한 오카리나, 배우면서 아이들을 가르쳤다. 동아리 활동도 하며 회원들과 주 1회 정기적으로 연습했다. 행사가 있으면 시간 되는 사람끼리 모여 연습했다. 부천 '복사골 축제'인 지역 행사에 참여하게 되었고, 진달래 축제, 지하철 음악회에서 연주했다. 출연자 소개에 내 이름은 연주자로 소개되었다. 학교와 주민센터에서 강의하며 '오카리나 강사'로 불렸다. 자연스럽게 오카리나 연주자와 강사라는 부캐를 갖게 되었다. 평생의 직장이었던 학원을 정리하며 피아노 선생님 자리에서는 밀려났다. 오카리나 강사라는 부캐는 슬그머니 본캐의 자리를 차지했다. 자기소개 할 자리가 있으면 '오카리나 강사 염해영입니다.'라고 자연스럽게 소개했다. 코로나19가 발생하며 연주와 강의는 95% 이상이 줄었다. 온라인 강의만 가끔 한 번씩 하며 고민에 빠졌다. 심심하기도 하고 기분도 꿀꿀했다. '책이나 볼까.'라는 생각으로 도서관에 갔다. 오랜만에 읽는 책이라 잘 집중되지 않았다. 그러나 얼마 지나지 않아 평정심을 찾고 집중력이 살아났다. 그 이후, 새벽 5시 반, 정해진 시간에 일어나 책을 읽고 정리하며 하루를 시작했다.

지인의 소개로 글쓰기 모임인 '새벽 글 감옥'에 합류했다. 물 세수만 하고 줌 화면 앞에 앉았다. 화면에서 만난 생얼의 그들은 서로에게 'ㅇㅇ 작가님'이라 불렀다. 인생 디자인 글 감옥, 그 방에서는 즉석에서 제시하는 주제로 정해진 시간 동안 글을 적었다. 적은 글은 차례대로 돌아가며 읽는 형식으로 진행되었다. 소담 교장 선생님이 "염해영 작가님 차례입니다."라며 호명했다. 엉겁결에 작가가 되었다. 석 달 동안의 새벽 글 감옥은 내 마음을 흔들었다. 새벽에 쓰던 글쓰기는 출간이라는 목표를 가지고 책 쓰기에 도전했다. 그래서 어제도, 오늘도 글을 쓰고 있다.

[깊은 산속의 옹달샘]

길가에 놓여 있던 보잘것없는 돌멩이도 물속에 놓이면 작은 물고기들의 안식처가 될 수 있다. 세상에 필요 없는 것은 없다. 아침 일찍부터 퇴근 후, 밤늦게까지 배우러 다녔다. 그런 나를 보고 답답하다고 하는 사람도 있었다. 작가라는 부캐를 달고 시작한 글쓰기, 언젠가 부캐 딱지를 뗄 것이다. 어떤 작가가 될지 그날이 언제가 될지 아직 나는 모른다. 방송인 주병진이 양손을 살짝 들고 "여러분의 시선을 모아, 모아."라고 했던 말이 생각났다.

큰 강물도 그 근원지를 찾아가 보면 작은 옹달샘에서 시작된다. 넓은 바다도 작은 시냇물들이 모여서 만들어진 것이다. 자신을 지키기 위해 배웠던 배움의 옹달샘을 모아, 모아 큰 강물은 아니더라도 누군가에게 시원한 목축임 역할을 할 것이다.

"세상에 쓸모없는 건 없다.
작고 사소한 것들이 모여 쓸모 있는 것을 만든다."

- 금융웹진 13년 6월호 『인문학 살롱』, 김홍신 -

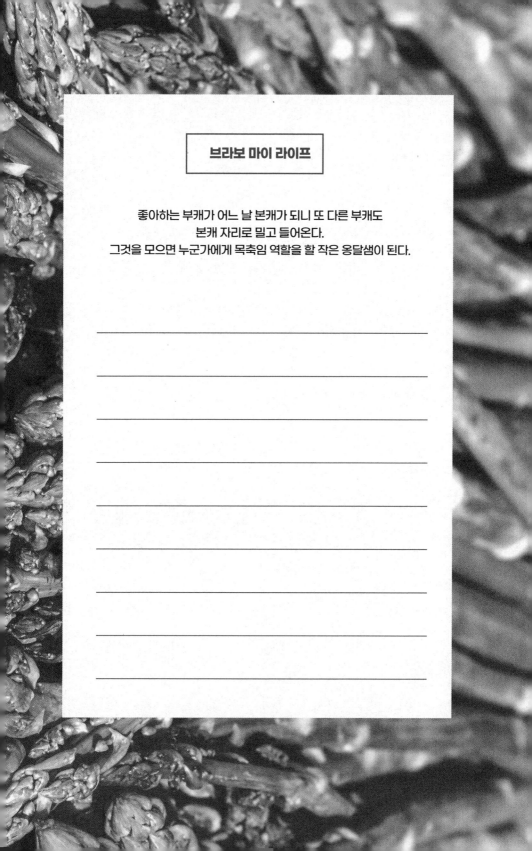

브라보 마이 라이프

좋아하는 부캐가 어느 날 본캐가 되니 또 다른 부캐도
본캐 자리로 밀고 들어온다.
그것을 모으면 누군가에게 목축임 역할을 할 작은 옹달샘이 된다.

_____

_____

_____

_____

_____

_____

_____

브라보 마이 라이프!
나의 멋진 인생을 위해

한순간 아름다운 것보다

영원히 자신만의 색깔을 가지고 빛나는

그런 사람이길 바라요.

『너와 함께』 출처 : 티스토리]

퇴직 다음 날부터 시간은 주체할 수 없을 정도로 넘쳤다. 설상가상 눈앞에 닥친 코로나19로 모든 것은 갇히고 말았다. 갇혀 있던 그 기간은 도리어 기회의 시간이 되었다.

때를 놓치지 않고 순간 포착했다. 새벽 5시 반 기상으로 일상이 바뀌었다. 그렇게 또 다른 나를 만들었다. 인생은 마라톤이라고 하지만 내 인생은 속주와 다름없는 100m 달리기였다. 숨 가쁘게 질주했다. 속도를 조절 못 해 과속 방지턱 앞에서 끽~ 하며 급정거했다. 주저앉지 않았고 그곳에 멈춰 뒤돌아보았다.

빠르고 반듯한 길이 아닌 구불구불 먼 길을 돌아 이 자리에 서 있었다. 긁힌 발에는 피가 말라 딱지가 되었고, 여기저기 굳은살도 생겼다. 사랑하는 부모와 동생을 저세상으로 보내야 할 때도 있었다. 힘들어하는 자식을 볼 때는 마음도 아팠다.

그러나 해줄 수 있는 건 아무것도 없었다. 딸과 누나, 엄마의 자리에서 열심히 살아내는 모습을 보여주기로 했다. 그런 마음으로 하나하나 배우고 도전했다. 나만의 색으로 칠하고 꾸미며 '세상에 하나밖에 없는 나의 길'을 만들었다. 코로나19 덕분에 주체할 수 없을 정도로 많은 시간 동안 책을 읽으며 글을 쓰기 시작했다.

구불구불 돌아오며 힘들고 멀게 느꼈던 과거의 길은 지났다. 현재와 미래를 위해 배움으로 새로운 길을 만들었다. 그 길을 걸으면 걸을수록 나의 자존감은 높아졌다. 힘들다고 투덜거리던 투덜 양에서 '괜찮아, 그럴 수도 있어.'라는 긍정 양으로 바뀌었다. 힘들게 아등바등 살았던 삶, 지나고 보니 그것마저 소중한 추억이 되었다. 어느 것 하나 소중하지 않은 것이 없었다. 줍고 얻고 배운 것들을 버무렸다. 새벽 어둠 밝히는 희미한 불빛 같은 역할을 하며 살고 싶다.

교황 요한 바오로 2세께서 서거하시면서 남긴 말씀 중에서 "나는 행복합니다. 당신도 행복하세요."라는 말씀처럼 자신이 행복해야 주변의 모든 것이 행복할 것입니다. "얼마나 많은데요?"라는 개그맨의 말이 생각났습니다.

여러분과 나, 우리는 가진 것의 종류와 양은 좀 달라도 생각보다 많은 것을 갖고 있습니다. 인생의 반 이상을 살며 좌충우돌 겪으며 얻은 생활의 지혜, 책이나 관계에서 얻은 게 정말로 많습니다. 노후 준비=돈이라지만 꼭! 그것은 아닌 것 같습니다. 그 돈으로 무엇을 하며 어떻게 재미있고 보람 있게 사는지가 더 중요합니다.

제2의 삶을 어떻게 준비해야 하는지 막연해하는 분들에게 이 글이 도움이 될 것입니다. 꾸준한 배움은 옹달샘 물이 될 것입니다. 자루 긴 조롱박으로 옹달샘 시원한 물을 퍼 이웃과 함께 마시고 싶습니다. '너와 내가 아닌 우리 모두' 기다리는 내일이 될 것입니다.

우리가 걱정해야 할 것은
늙음이 아니라 녹스는 삶이다.

- 『살아 있는 것은 다 행복하라』, 법정 스님 -